La proie de l'aigle

PARUS :

Le Cheik par E.M. HULL
Candide Evangéline par Elinor GLYN
La lune au trésor par Jeffrey FARNOL
Mystérieuse Alathéa par Elinor GLYN
Le fils du Cheik par E. M. HULL
Ardente Amaryllis par Elinor GLYN
Farouche Tamara par Elinor GLYN
La proie de l'aigle par Ethel M. DELL

A PARAÎTRE :

L'apprenti gentleman par Jeffrey FARNOL
Ramazan le Rajah par Vere LOCKWOOD
Le valet de carreau par Ethel M.DELL

LES ROMANS PRÉFÉRÉS
DE BARBARA CARTLAND

Barraud
Phil

la proie de l'aigle

par Ethel M. Dell

traduit de l'anglais par Marie Chavanat

Éditions J'ai Lu

Ce roman a paru sous le titre original :

THE WAY OF AN EAGLE

1

Comme pour rappeler aux derniers survivants de Fort Wara la présence de leurs assaillants, les longs crépitements des salves de mitrailleuse montaient à intervalles réguliers des flancs dénudés de la montagne tandis que, au delà d'un énorme épaulement de rocher grisâtre, le soleil couchant s'abîmait dans de somptueuses luminescences d'opale.

Accroché aux premiers escarpements de l'Himalaya, dans la province d'Himachal Pradesh, au nord-ouest des Indes, le fortin défendu par les Britanniques demeurait silencieux. A peine y entendait-on de temps à autre, venant du mess des officiers, le tintement des quarts en fer-blanc et quelques éclats de rire insolites – toujours les mêmes et toujours aussi vite étouffés.

Dans le bureau du général de brigade, un officier supérieur releva lentement la tête qu'il avait longtemps tenue enfouie dans ses mains et promena autour de lui un regard d'une effrayante fixité.

Abattu, brisé, le général Roscoe offrait l'image même d'un homme parvenu à l'extrême limite de ses forces. Et il lui fallut rassembler tout son courage pour tendre la main et frapper un petit gong posé sur la table, en face de lui.

Le panneau de bambou qui tenait lieu de porte coulissa, découvrant un soldat indien au garde-à-vous. Pour lui adresser la parole, le général retrouva, l'espace d'un instant, toute la morgue et la raideur qui seyaient, en ce début de siècle, à un digne représentant de Sa Gracieuse Majesté Edouard VII :

– Demande au *sahib* chef d'escadron ainsi qu'aux deux *sahibs* capitaines de venir ici tout de suite.

Un cliquetis d'éperons ne tarda pas à retentir dans le corridor. D'un sursaut de tout son être, le général se redressa dans son fauteuil.

– Entrez tous les trois, dit-il. J'ai à vous parler. Et bien qu'il ne s'agisse en rien d'une réunion d'état-major, j'aimerais autant que vous fermiez la porte, capitaine Ratcliffe.

– Je me doute bien que nous n'allons pas discuter d'un plan de campagne, mon général, répondit la voix – reconnaissable entre toutes – de l'homme qui avait ri quelques instants auparavant, au mess. Etant donné la situation, tout ce qu'il nous reste à faire, c'est de ne pas broncher et serrer les fesses en attendant l'arrivée de Bassett.

Le général jeta un regard appuyé à son interlocuteur, maintenant adossé à la porte fermée et sur le visage duquel se reflétait le dernier rayon du soleil couchant.

Grand, maigre – pour ne pas dire squelettique –, il était d'une laideur peu commune mais qui ne l'avait jamais empêché jusque-là de traîner après soi tous les cœurs féminins. Ses cheveux et ses sourcils, d'un blond délavé, quasi incolores, l'eussent aisément fait prendre pour un albinos si des prunelles d'un bleu métallique et une peau cuivrée, presque jaune, boucanée, parcheminée par les rigueurs du climat, ne lui avaient conféré la mine vaguement inquiétante d'un flibustier – ou, à tout le moins, d'un bandit de grand chemin.

Sous des paupières sans cesse en mouvement, ses yeux, qui soutenaient le regard du général, étaient vifs, brillants, narquois, et trahissaient un tempérament tout à la fois rusé et caustique.

Le chef d'escadron – en l'occurrence, le commandant Marshall – ainsi que le second capitaine s'étaient jusqu'alors tenus cois, attendant que le général se décidât à exposer l'objet de cette brusque convocation.

Soudain, sur un ton saccadé et qui exprimait un désespoir absolu, le général se mit à parler.

– Asseyez-vous, dit-il. Si je vous ai ainsi dérangés, c'est pour... pour demander à l'un d'entre vous d'effectuer à ma place une... une tâche qui m'incombe, une tâche qui doit être accomplie sans faute mais... mais que je me sens incapable d'exécuter moi-même...

Deux des officiers avaient obéi à l'invitation à s'asseoir. Et un moment de silence suivit ce discours peu banal. Puis le jeune capitaine à l'étrange physique et qui était toujours adossé à la porte s'avança sans hésiter.

– De quoi s'agit-il, mon général? Je suis prêt à parier ma gamelle de rata de ce soir que je peux mener à bien la tâche en question.

Le commandant Marshall s'agita sur sa chaise.

– Bouclez-la, Nick! Nous ne sommes pas entre nous, au mess. Et il ne s'agit pas d'une plaisanterie. Cessez de faire le clown, de vous prendre pour le bel esprit du régiment.

Mais le général ne prêta pas la moindre attention aux propos des deux hommes. Une seule pensée accaparait ses facultés mentales. De plus, personne ne prenait jamais Nick Ratcliffe aux sérieux. Avec la plus grande ouverture d'esprit du monde, cela paraissait moralement impossible.

– Il m'apparaît évident, reprit le général en pesant ses mots, que le moment est venu de regarder la situation en face. Je suis convaincu que le général Bassett ne pourra pas rallier Fort Wara à temps.

Il s'interrompit, comme pour laisser à ses subordonnés l'occasion de donner leur opinion, mais personne ne releva son propos.

– La garnison est décimée, soupira-t-il. Nous en sommes réduits à n'être plus que quatre Blancs et une poignée d'indigènes loyalistes encerclés par une nuée de rebelles. Nous sommes déjà au bord de la famine. Il se peut que nous tenions encore deux jours, trois à la rigueur. Ensuite...

A bout de souffle, il s'obligea à poursuivre :

– Il me faut penser à ma fille. Son sort est entre vos mains. Je sais que vous la défendrez tous jusqu'à votre dernière goutte de sang. Mais lequel d'entre vous...

Seul un effort surhumain lui permit d'achever sa phrase :

– Lequel d'entre vous, murmura-t-il enfin, presque inaudible, aura le courage de la tuer avant de succomber lui-même?

Epuisé, le général Roscoe s'affaissa de nouveau à sa table, la tête entre les mains.

Nick Ratcliffe fit un second pas en avant.

– Mon général, dit-il avec un calme imperturbable, si vous me confiez votre fille, je vous jure, en mon âme et conscience, de la tirer d'ici saine et sauve.

La voix du commandant Marshall s'éleva encore, chargée cette fois d'un mépris écrasant :

– Vous, Nick? De toute la garnison, indigènes compris, vous êtes la dernière personne sur laquelle on puisse compter!

Nick ne condescendit même pas à protester. Mais ses yeux, étincelants, parlaient pour lui.

Quant au général, il ne desserrait pas les dents. Perdu dans l'étude du visage aigu du jeune capitaine Ratcliffe, il semblait vouloir déchiffrer coûte que coûte l'inquiétante énigme de ses traits ingrats.

Au bout d'un laps de temps qui parut interminable, l'officier qui ne s'était encore jamais manifesté se leva et, avant de s'exprimer, effectua un garde-à-vous impeccable. Le capitaine Grange était un garçon splendide, taillé en athlète, doté d'un beau visage au sourire un peu fat mais néanmoins cordial. Il avait une voix douce, au timbre caressant :

– Je me crois mieux qualifié que Nick pour cette mission de confiance, mon général. Et je suis prêt à sacrifier ma vie pour miss Roscoe.

Cette fois encore, Nick Ratcliffe ne souffla mot.

Le général Roscoe parut se ressaisir.

– Qu'il n'y ait pas de malentendu, Ratcliffe, articula-t-il enfin. J'exige avant toute chose que vous me disiez jusqu'où vous êtes prêt à aller pour le salut de ma fille.

La réponse ne se fit pas attendre.

– Je suis prêt à assumer ma tâche jusqu'à ses ultimes implications, mon général, dit Nicholas Ratcliffe. Prêt à me jeter au feu pour votre fille, mais prêt aussi à l'y précipiter avant moi si nécessaire. On peut dire de moi ce qu'on voudra mais je suis un fin tireur, rapide, efficace. Et, n'ayant aucun scrupule, je n'ai pas mon pareil pour donner le coup de grâce... M'accorderez-vous votre confiance?

Il y eut un moment de silence solennel et les deux autres officiers, à l'arrière-plan, comprirent qu'une sorte de courant passait entre le capitaine et le général.

Ce dernier posa la main sur l'épaule du jeune homme.

– Qu'il en soit ainsi, Nick, dit-il avec un soupir à fendre l'âme. Vous avez ma confiance, pleine et entière.

– Tout est donc pour le mieux, mon général! se réjouit Nick. Pourriez-vous toutefois avoir la gentillesse de signaler à miss Roscoe que je ne suis pas l'épouvantail dont j'ai l'air et qu'elle n'aura rien à redouter – ni avec moi... ni de moi?

Au cœur même du fortin frontalier se trouvait une chambre que tous ses défenseurs sans exception considéraient comme sacrée. Insignifiante, étroite comme une cellule de prison et presque aussi dénudée, c'était pourtant la pièce la plus sûre de Fort Wara.

La fille du général Roscoe – seule femme blanche de la garnison – y demeurait cloîtrée depuis le début de ce siège abominable.

Obéissant à la stricte interdiction paternelle de mettre le pied hors de son refuge, elle avait passé ces interminables journées dans une quasi-captivité, vivant au beau milieu de cet abrutissant tumulte de mitraille sans pour autant prendre une part quelconque aux événements.

La tension nerveuse qui en avait découlé était telle qu'aucun être humain n'aurait pu la supporter bien longtemps.

Aussi, les forces de la jeune fille n'avaient-elles pas tardé à l'abandonner. Et le temps vint très vite où Muriel Roscoe chercha le réconfort dans une drogue dont, en d'autres circonstances, elle se fût détournée avec dégoût.

Elle l'aidait à vivre, cette drogue, mais elle laissait des traces que son père aurait sans nul doute remarquées s'il n'avait été obnubilé par l'écrasant fardeau de ses responsabilités.

En entrant chez sa fille deux heures après son entrevue avec ses officiers, il la regarda avec une attention redoublée, mais toujours sans comprendre. Allongée au creux d'un amoncellement de coussins sur un *charpoy* de bambou, elle ne recevait de lumière que filtrée par un épais abat-jour coiffant une lampe de chevet.

Jeune, mince, presque anguleuse, Muriel Roscoe avait un petit visage rendu exsangue par la fatigue. Un regard trouble émanait de ses grands yeux sombres effroyablement cernés.

Simplement tressés et rassemblés sur la nuque, ses cheveux noirs formaient sur ses tempes deux coques souples – cheveux superbes et si abondants qu'ils semblaient presque trop lourds pour sa tête.

– Je suis contente que tu sois venu, papa, murmura-t-elle d'une voix éteinte.

S'approchant d'elle, il l'examina d'un œil plus critique qu'à l'ordinaire. Pour la première fois, il était frappé par sa pâleur extrême, sa lassitude morbide.

– J'ai fait un rêve, la nuit dernière, papa. Un rêve étrange et qui avait l'air vrai. Je me trouvais dans les montagnes, avec quelqu'un. J'ignore de qui il s'agissait, mais c'était quelqu'un de très gentil. On se serait cru juste avant l'aurore, car bien qu'il fît presque noir là où nous étions, le ciel était d'une infinie clarté au-dessus de nos têtes... Et lorsque j'ai levé les yeux, papa, j'ai vu que, partout, les montagnes étaient parcourues de chevaux et de chars de feu. Oh! je me sentais tellement en sécurité, papa! Et si heureuse! Si heureuse que...

Elle s'arrêta. Il ne lui était guère facile de soutenir seule une conversation, face à cet homme silencieux dont la tristesse, la préoccupation sautaient aux yeux.

S'agenouillant sur sa couche, elle enlaça de ses bras décharnés le cou de son père.

– Papa chéri! murmura-t-elle avant d'enfouir son visage au creux de son épaule, en proie, soudain, à une terreur indéfinissable.

Il la serra contre lui afin qu'elle ne pût lire l'expression de son visage.

– Que se passe-t-il donc, papa? murmura-t-elle enfin. Tu ne veux pas me le dire? Je peux être très courageuse, tu sais!

– Oui, dit-il. Tu seras courageuse, j'en suis sûr. Tu...

Sa voix tremblait et il s'interrompit pour retrouver un ton égal.

Elle lui lança un rapide coup d'œil mais il s'était déjà recomposé une attitude.

– Dès que sir Reginald Bassett arrivera..., balbutia-t-elle.

Il lui posa la main sur l'épaule.

– Tu vas essayer de ne pas avoir peur, dit-il. J'ai l'intention de te traiter, comme je l'ai fait de mes officiers, avec une franchise absolue : nous ne tiendrons pas plus de trois jours – sir Reginald Bassett n'arrivera donc pas à temps.

» Il se peut que je ne sois pas capable de te protéger quand sonnera l'heure. Il se peut même que je ne sois pas auprès de toi... Mais il est un homme en qui tu peux avoir confiance, quoi qu'il arrive. Il m'a juré que tu ne tomberais pas aux mains des rebelles, et je sais qu'il tiendra parole. Tu peux compter sur lui jusqu'à la fin de tes jours. Peut-être devines-tu son nom?

La réponse vint aussitôt, claire et nette :

– Le capitaine Grange, bien entendu, papa!

Le général sursauta et regarda sa fille comme jamais il ne l'avait fait auparavant. Serait-elle amoureuse de Blake Grange?

– Non! dit-il, désespéré. Non! Pas Grange!

Il vit l'ombre de la déception, presque de la consternation, obscurcir le regard de Muriel.

– Alors qui, papa? Ce n'est pas... pas le capitaine Ratcliffe, tout de même?

Le général Roscoe baissa la tête.

– Si, Nick Ratcliffe. Je t'ai placée sous sa garde. Il prendra soin de toi.

– Nick Ratcliffe! dit-elle lentement. Pourquoi lui, papa? Pourquoi? Il n'est même pas capable de prendre soin de lui-même. Tout le monde l'affirme. Et puis je ne l'aime pas. Pas du tout. Je t'assure, papa, je préférerais de beaucoup le capitaine Grange. Il est tellement plus grand, plus fort et... et plus gentil.

– Ah! je le sais bien, mon enfant, répondit le général. Mais c'est de cran et d'audace, pas de gentillesse, que ton protecteur aura besoin. Grange a du charme, mais c'est un mou. Tandis que Ratcliffe possède la dureté de l'acier. Le doute n'est pas permis, Muriel, il faut que ce soit Ratcliffe. Et n'oublie pas de lui accorder ta confiance pleine et entière. Car quoi qu'il fasse – oui, quoi qu'il fasse! –, ce sera avec mon autorisation, avec ma... ma bénédiction.

Sa voix se brisa soudain et il se leva. La dominant de toute sa taille, il la contempla un instant. Puis il se pencha pour l'embrasser une dernière fois.

– Au revoir, ma chérie, dit-il d'un ton rauque. Au jour béni où Dieu consentira à nous réunir.

Le feu roulant des salves montait à nouveau de la vallée et Muriel Roscoe, recroquevillée sur son lit, frissonnait, les mains pressées sur les yeux. Que la fin fût si proche lui semblait impossible.

Tendue, immobile, elle écoutait les rafales de mitrailleuse et les hurlements des rebelles. De temps à autre s'élevait le bref grondement d'un des canons qui armaient le fort et, à ce bruit, elle était prise de tremblements convulsifs.

Elle savait le stock de munitions presque épuisé. Les canons ne tonneraient plus guère, désormais.

Au cours d'une accalmie parvinrent soudain à ses oreilles les échos insouciants d'une voix qui fredonnait – atrocement faux – une vieille ballade anglaise.

Entendant toquer au panneau de bambou qui défendait sa chambre, elle retint son souffle. Elle devinait l'identité de son visiteur mais ne parvenait à se résoudre à lui dire d'entrer.

Manœuvré d'une main preste, le panneau eut cependant tôt fait de coulisser. Nick Ratcliffe se tenait sur le seuil. La lumière le frappait en plein visage – visage bizarre, rayonnant d'intelligence mais dont les traits, sans cesse mouvants, défiaient toute analyse, empêchaient de démêler le bon du mauvais.

– Puis-je entrer, miss Roscoe?

Paralysée par son regard un tantinet moqueur, elle restait allongée, muette, souhaitant de tout son cœur qu'il s'en allât.

A ce qu'il semblait, telle n'était cependant pas l'intention du jeune homme.

– A mon humble avis, laissa-t-il tomber, vous avez tort de vous adonner à l'opium.

Muriel sursauta.

– Je ne peux pas m'en empêcher. Je n'arrive pas à dormir. Je reste allongée des heures durant à écouter les combats. C'est... c'est plus que je n'en peux supporter.

Nick ne prononça pas un mot de réconfort ou de commisération et son silence la blessa. Lorsqu'il reprit la parole, on aurait pu croire qu'il avait totalement effacé le sujet de son esprit.

– Miss Roscoe, voulez-vous quitter le fort avec moi sous un déguisement? Inutile de vous préciser que j'ai l'entière approbation de votre père.

C'étaient les propres mots du général. Mais en les entendant, elle se contracta, horrifiée par la froideur avec laquelle ils étaient prononcés.

Se retenant de hurler, elle se leva en tremblant de tous ses membres.

– Je ne peux pas! Allez-vous-en! le supplia-t-elle. Laissez-moi tranquille... Je suis lasse... si lasse...

Ratcliffe ne bougea pas d'un pouce.

– Chercheriez-vous à me faire comprendre que vous êtes incapable de prendre une décision? Parfait! En ce cas, je déciderai pour vous, dit-il. Ecoutez-moi, que je vous explique mon plan de campagne. Il est tellement enfantin qu'il ne peut que réussir.

» Nous quitterons le fort sitôt la lune couchée.

Votre déguisement cachera votre visage et vos cheveux. Quant à moi, je ressemblerai si bien à un indigène que mon meilleur ami ne me reconnaîtrait pas. Les rebelles seront en train de relever leurs blessés dans le noir et je vous ferai passer entre leurs rangs en vous portant sur mes épaules comme si j'emmenais le cadavre d'un parent. Vous ne verrez pas d'inconvénient majeur, j'espère, à jouer les cadavres de ma famille?

Muriel ne fit aucun commentaire. Elle regardait droit devant elle.

– Je ne suis pas d'accord, monsieur Ratcliffe, dit-elle enfin avec une espèce de détermination désespérée, très différente de celle de l'officier. Si vous souhaitez vous échapper, il vous faudra partir seul. On ne m'y contraindra pas. Je n'abandonnerai pas mon père.

Ratcliffe se redressa, le regard étincelant. Sans desserrer les dents, il alla ouvrir la porte. Elle espérait le voir partir mais il s'immobilisa sur le seuil.

Les nerfs à vif, elle se demandait ce qu'il attendait. Soudain, elle entendit des pas, quelques mots murmurés, et Nick s'écarta pour livrer passage au serviteur sikh de son père, porteur d'un plateau sur lequel se trouvait un verre plein d'un breuvage noirâtre. Avec un profond salut, il le posa sur la table, à portée de sa main.

– Le *sahib* général souhaite que Mademoiselle passe une nuit paisible, dit-il. Il lui conseille de boire ceci et de dormir.

Surprise, Muriel adressa au Sikh un sourire timide. Jamais son père n'avait agi ainsi et elle considérait le verre avec hésitation.

– Remercie-le, Purdu, et dis-lui combien je l'aime,

murmura-t-elle finalement au fidèle serviteur. Dis-lui aussi que je boirai ce verre si je ne parviens pas à trouver le sommeil.

L'Indien se retira sur un ultime salut. Elle constata avec irritation que Nick ne faisait point mine de lui emboîter le pas. Au contraire, planté devant elle, il la contemplait, une lueur étrange au fond des prunelles.

– Miss Roscoe, grommela-t-il, je vous prie instamment de ne pas boire cette saleté. Votre père doit être fou pour oser vous l'offrir.

Indignée, elle le foudroya du regard.

– Mon père sait mieux que vous ce qui est bon pour moi!

Il haussa les épaules.

– Tout le monde vous confirmera que c'est folie que prendre de l'opium pour un oui ou pour un non. Ne le buvez pas.

– Je ne tolérerai pas que vous vous mêliez de mes affaires plus longtemps! décréta-t-elle, exaspérée par l'obstination du jeune homme. Les souhaits de mon père me suffisent : il désire que je le boive, eh bien, c'est ce que je vais faire!

Dans un geste de défi, elle porta le verre à ses lèvres et goûta au liquide. Puis elle marqua un temps d'arrêt, en proie à une curieuse hésitation. Son père escomptait-il réellement qu'elle le boive jusqu'à la dernière goutte?

Nick s'était figé lorsqu'elle avait pris le verre. Mais, en la voyant l'éloigner de sa bouche, il bondit soudain en avant, comme fou.

L'espace d'un instant, elle pensa qu'il allait le lui arracher des mains. Puis, en un éclair, elle comprit à quel point cet individu l'avait trahie, avec quelle habileté démoniaque il s'était joué d'elle.

L'enserrant dans ses bras comme dans un étau d'acier, Nick lui introduisit de force le verre entre les dents et lui en versa le contenu dans la gorge.

Une fois l'infecte potion avalée, il relâcha son étreinte et se détourna avec brusquerie.

Elle se leva d'un bond, au bord de l'hystérie. Mais ses jambes se dérobèrent sous son poids et elle se rendit compte qu'elle était battue à plate couture.

Le voyant soudain revenir auprès d'elle et lui passer un bras autour de la taille pour la soutenir, elle chercha à lui échapper – mais en vain. Elle ne put que pousser un cri où s'exprimait toute la profondeur de son désarroi.

Les moments qui suivirent demeurèrent à jamais inscrits dans sa mémoire comme un cauchemar affreux – bien réel et pourtant difficile à cerner. Il la plaqua sur le lit où, jusqu'à ce qu'elle cessât de se débattre, il la maintint immobile.

Une demi-heure plus tard, fuyant le fort assiégé, Nicholas Ratcliffe, le bel esprit, le clown du régiment, emportait parmi les montagnes grouillantes de rebelles une jeune et frêle Anglaise inanimée.

La nuit était noire mais il la traversa sans peur, comme inconscient de ses innombrables périls. La démarche légère, à peine gêné par son fardeau, il passa au milieu des tribus insurgées, adressant en pensée un pied de nez à la mort.

Ce fut par à-coups que Muriel émergea du profond abîme de ténèbres à travers lequel il lui semblait avoir erré sans trêve pendant une éternité.

Elle savait qu'elle n'était pas seule, car de douces mains lui prodiguaient des soins. Et elle était consciente de la présence, à son côté, de quelqu'un qui la veillait avec une attention toujours soutenue.

Soudain, tandis qu'elle gisait ainsi, à mi-chemin entre le rêve et la réalité, une main sans pitié se mit à lui baigner le front d'eau glacée. Elle quitta le royaume des songes à regret, et même avec un brin d'indignation.

– Non! gémit-elle comme un enfant. Je suis trop fatiguée! Je veux qu'on me laisse dormir...

– Je le sais bien, ma pauvre petite, répondit une voix mâle s'infléchissant jusqu'à adopter des accents maternels. Mais il est temps que vous vous réveilliez.

Muriel se redressa aussitôt en poussant un faible cri.

– Où suis-je? balbutia-t-elle, hébétée. Où m'avez-vous emmenée?

Elle promena autour d'elle de grands yeux affolés. Elle était allongée sur une couche de bruyère, au fond d'une ravine étroite et sombre. Elle se recroquevillait déjà en poussant un autre petit cri lorsqu'elle sentit le bras de Nick qui l'enserrait, protecteur.

– Allons, n'ayez pas peur, dit-il d'un ton placide.

Se retournant brusquement, elle repoussa son bras comme s'il se fût agi d'un serpent.

– Ne me touchez pas! haleta-t-elle avec une expression d'insurmontable dégoût.

– Désolé, murmura Nick, imperturbable. Mes intentions étaient pures.

Sifflotant entre ses dents, il s'affaira sur un petit ballot posé à ses pieds. Et, pendant quelques secondes, Muriel le regarda sans bouger.

Il était vêtu d'un vêtement indigène qui le couvrait de la tête aux pieds. Des lourds replis du burnous, seul émergeait son visage au teint cuivré – vision sinistre, spectacle d'horreur aux yeux enfiévrés de Muriel.

Elle lui trouvait l'air d'un rapace.

Baissant les yeux, elle s'aperçut qu'elle portait le même accoutrement que lui. Seule différence, elle avait pour lors la tête nue. Ses cheveux mouillés retombaient sur son front et l'eau glacée dont il l'avait baignée dégoulinait le long de ses joues. D'un geste mécanique, elle leva la main pour les essuyer.

Sa peur croissait de minute en minute. Elle commençait à comprendre ce qui s'était passé. Il l'avait droguée de force – elle tremblait rien qu'au souvenir de cette scène! – et, profitant de son inconscience, l'avait transportée dans cet endroit épouvantable.

Son père était resté au fort. Il avait approuvé son enlèvement. Il l'avait abandonnée, captive sans défense, entre les mains de cette créature dépourvue de scrupule!

Non! Ce n'était pas possible! De toute son âme, elle repoussait cette idée. Jamais il n'aurait agi ainsi. Jamais il n'aurait donné son consentement à un acte aussi lâche, aussi ignoble. Jamais il n'aurait autorisé qu'elle soit dupée de la sorte, traitée avec cette perfidie qui confinait à l'outrage.

L'indignation lui rendit ses forces. Elle se leva d'un bond. Elle allait s'enfuir, retourner auprès de son père en traversant les hordes ennemies. Elle était prête à tout, absolument à tout, plutôt que de rester à la merci d'un tel individu.

Il ne la regardait pas. Cela faisait même un bon moment qu'il n'avait pas tourné les yeux dans sa direction. Pourtant, au premier geste qu'elle fit, le bras de Nick se détendit comme un ressort et sa main agrippa le pan de son burnous comme l'eussent fait les serres d'un oiseau de proie.

– Je vous prie de m'excuser, dit-il sur le ton de la conversation mondaine, mais il conviendrait que vous mangiez quelque chose avant de vous mettre en route.

Avec la sauvagerie d'une chatte en colère, elle se débattit pour se dégager de la main qui la retenait. Mais les horribles doigts longs et secs – les doigts décharnés qu'elle ne pouvait, n'osait toucher – la cramponnaient. Et une fois encore elle se sentit vaincue.

– Allons! dit Nick. Manger un morceau vous fera du bien, vous verrez, Muriel. Vous ne voulez pas essayer? Juste une bouchée... pour me faire plaisir!

A genoux devant elle, il lui offrait un malheureux biscuit de farine d'avoine surmonté d'un petit tas de riz.

Elle eut un mouvement de recul.

– Plutôt mourir!

Nick ne retira pas sa main.

– Mangez-le, Muriel, insista-t-il avec douceur. Cela va vous faire du bien.

Elle lui décocha un regard dans lequel se mêlaient intimement la colère, la peur et le dégoût. Une étrange expression naquit alors sur le visage jaunâtre de Nick, l'expression du dompteur qui s'apprête à descendre dans l'arène.

– Mangez-le, répéta-t-il.

Et contre son gré, dans un élan presque inconscient, elle lui obéit.

Persuadée que chaque bouchée allait l'étouffer, elle n'en persévérait pas moins, mue par l'effroyable certitude que, quoi qu'il arrivât, ce monstre aurait toujours le dernier mot.

Un peu plus tard, lui tournant le dos, Nick sembla s'absorber dans la contemplation du paysage, au delà du ravin.

– Qu'y a-t-il? s'inquiéta-t-elle. Vous avez quelque chose à me dire?... C'est au sujet de mon père, je le sais. Il a été blessé? Il...

Elle s'arrêta : Nick avait levé la main comme pour lui intimer l'ordre de se taire.

– Ma pauvre petite, dit-il très bas, votre père est mort la nuit dernière... avant que nous ne quittions le fort.

Elle poussa un cri si déchirant qu'il se jeta à genoux pour la prendre dans ses bras comme s'il se fût agi d'un bébé qui avait besoin de réconfort. Et il la berça doucement, enfouissant la tête de la jeune fille au creux de son épaule tandis que son visage ingrat était parcouru des tremblements convulsifs d'un homme à la torture.

Et ce n'est que lorsque, enfin, elle se redressa pour écarter ses cheveux de son visage décomposé qu'il s'éloigna pour revenir aussitôt lui tendre un quart.

– Ce n'est que de l'eau, dit-il gentiment. Buvez-en un peu.

Elle l'avala machinalement, puis s'allongea, le cœur au bord des lèvres, la tête en feu, aveuglée par des sanglots incoercibles.

Bientôt, elle sentit à nouveau le contact des mains de Nick. Mais elle était trop épuisée pour songer à ouvrir les yeux. Il lui baigna le visage avec le soin qu'aurait pris une femme, lissa ses cheveux en arrière et lui improvisa un coussin pour la tête.

Un peu plus tard, elle se rendit compte qu'il était

assis non loin d'elle, présence invisible et silencieuse qui veillait sur sa sécurité. Puis, terrassée par le chagrin et l'effroyable tension nerveuse accumulée au cours des semaines passées, elle finit par sombrer dans un sommeil sans rêves.

La nuit était tombée quand Muriel se réveilla, et l'obscurité était si profonde qu'elle resta allongée un moment, s'imaginant au lit. Mais cette illusion ne se dissipa que trop vite lorsque son cerveau, reposé, se remit à fonctionner. Et, dans la fraîcheur du soir, elle frémit, apeurée.

Une main à la bienfaisante chaleur s'empara aussitôt des siennes.

– Tout va bien, chuchota Nick. Je suis là.

– Oh! comme il fait noir! gémit-elle. Comme il fait noir!

– N'ayez pas peur, répondit-il avec douceur. Blottissez-vous plus près de moi. Et puis vous avez froid : ne me retirez pas vos mains.

Elles étaient toujours glacées. Il les serra contre sa poitrine. Elle se contracta un peu en sentant la chaleur de sa peau.

– Cela va vous donner des frissons, murmura-t-elle.

Il eut un petit rire, à la fois doux et moqueur, et serra les mains de Muriel plus fort contre lui.

– Je ne frissonne pas si facilement, dit-il. D'ailleurs, c'est dormir qui donne froid. Et je n'ai pas fermé l'œil.

Muriel ne ressentait plus de colère à l'égard de Nick et la peur qu'il lui inspirait était assoupie. Bien qu'elle ne soit pas prête à oublier la façon indigne dont il l'avait prise au piège, et qu'elle ne puisse sans doute jamais lui pardonner sa perfidie, il était son seul protecteur dans cette jungle aux mille dangers et elle ne se sentait pas de taille à le maintenir à l'écart.

De plus, il y avait un je ne sais quoi de réconfortant dans sa présence, quelque chose qui la rassurait et l'entraînait à s'abandonner à lui presque malgré elle.

– N'avez-vous pas dormi du tout? lui demanda-t-elle, étonnée. Comment avez-vous bien pu rester éveillé?

Il se contenta de rire, comme à quelque plaisanterie connue de lui seul.

Elle resta un moment silencieuse, puis lui retira ses mains, affirmant qu'elles étaient tout à fait réchauffées.

– Et maintenant, je veux vous parler, déclara-t-elle. Il se peut que vous commandiez cette expédition, monsieur Ratcliffe, mais j'estime que vous devez me dire quels sont vos projets.

– Appelez-moi Nick, voulez-vous? Cela facilitera nos rapports. Vous êtes, bien entendu, cordialement invitée à prendre connaissance de mes projets ainsi que de la situation telle qu'elle se présente à l'heure actuelle. Ici, nous ne sommes même pas à vingt kilomètres du fort et toutes les collines alentour sont infestées de rebelles. Si tout va bien, nous pourrons décamper demain soir. Nous avancerons lentement, bien sûr, mais toujours en direction du sud. Et, si la chance est avec nous, il se peut que nous ne tardions pas trop à rencontrer la colonne de secours de Bassett.

Il affichait une telle sérénité que Muriel s'étonna à nouveau de la confiance qui l'animait. Elle se prit à penser que quelque force supérieure habitait cet homme énigmatique.

Un autre sujet retint également son attention. Jamais par le passé il ne lui était venu à l'idée que Nick Ratcliffe puisse être, en quoi que ce fût, remarquable.

– M'avez-vous vraiment portée pendant près de vingt kilomètres? demanda-t-elle.

– A peu de chose près, oui, répondit Nick.

– Comment diable avez-vous fait?

– Vous n'êtes pas très lourde, vous savez.

Il avait encore le bras autour de sa taille et elle décida de ne s'en point formaliser car, tout bien considéré, l'obscurité l'effrayait encore.

– Regardez! dit-il bientôt. Voici l'aube!

Elle regarda droit devant elle, sans rien voir.

– Là-haut, sur votre gauche, corrigea Nick.

Pivotant légèrement, elle poussa un soupir de gratitude en voyant croître la lumière, très haut au-dessus de leurs têtes, d'abord vague luminescence, puis tache claire qui s'étendait rapidement. Les parois de la ravine se colorèrent de gris, puis de rose tendre. Et tandis que l'éclat du jour irradiait ce vallon sinistre, Muriel poussa un second soupir de soulagement et jeta un coup d'œil à son compagnon. Une crainte vague la saisit. Il y avait, dans son immobilité présente, quelque chose d'anormal.

– Nick! balbutia-t-elle.

Il se retourna, un sourire de commande plaqué sur le visage.

– Bonjour! dit-il avec une gaieté affectée. J'étais en train de penser qu'il serait bien agréable de descendre se débarbouiller là en bas. Voulez-vous y aller la première?

Jugeant préférable d'obtempérer, Muriel entreprit de se frayer un passage vers le torrent qui dévalait au fond de la ravine.

Les rayons de lumière qui commençaient à pénétrer le repli de terrain émaillaient le courant de scintillements argentés. S'agenouiller sur une pierre plate pour se baigner le visage et les mains dans l'eau glacée procura à la jeune fille une intense sensation de bien-être.

Le tumulte du torrent ne laissait place à aucun autre bruit. Pourtant un étrange sentiment de malaise ne tarda pas à s'emparer de Muriel, comme si... Mais oui! comme si un danger imminent la menaçait.

Frémissante, elle bondit sur ses pieds, le souffle coupé, incapable de proférer un son. Et, à demi paralysée par une horreur indicible, recula jusque sous un promontoire rocheux.

Sautant d'une pierre à l'autre pour traverser le torrent, un indigène d'une taille prodigieuse se précipitait dans sa direction. De mine patibulaire, il avait une épaisse barbe noire, et la lame acérée d'un poignard brillait dans sa main droite.

Ainsi, c'était cela qui avait motivé l'étrange comportement de Nick quelques instants auparavant. Son instinct l'avait averti d'une présence ennemie. Et dire qu'elle l'avait bêtement dérangé tandis qu'il cherchait à détecter le malfaiteur avec précision!

Pour ne pas l'effrayer, Nick l'avait précipitamment envoyée vers le torrent, estimant que l'ennemi attaquerait par le haut, où il serait alors seul à l'accueillir. Hélas! déjouant les plans du jeune officier, le rebelle avait contourné un éperon rocheux et s'en prenait à la jeune Anglaise isolée – proie de choix s'il en fut jamais!

Tout près de Muriel, le sinistre individu marqua un temps d'arrêt, comme s'il hésitait à perpétrer son abominable forfait. Puis elle le vit lâcher son poignard et, vif comme l'éclair, tendre une main énorme pour l'empoigner par un pan de son burnous.

Mais à cet instant précis, dévalant des hauteurs telle une panthère qui se serait tenue à l'affût, Nick bondit sur le dos de l'agresseur. Les deux hommes roulèrent dans la pierraille. Et un combat d'une violence inouïe s'engagea.

Bien que d'un poids nettement inférieur à celui de son adversaire, Nick savait se battre. Il ne tarda pas à plaquer l'indigène au sol. Et là, tout en coinçant entre ses genoux serrés l'immense corps agité de soubresauts furieux, il mit les deux mains autour du cou de son ennemi pour tenter de l'étrangler.

– Crève, salaud! Mais crève donc! l'entendait-elle gronder avec la rage d'une bête fauve.

Cependant, l'Indien résistait. Dans l'effort prodigieux qu'il déployait, Nick se mordait la lèvre inférieure. Du sang en dégouttait, qui ruisselait sur ses mains crispées et sur la gorge sombre qu'elles enserraient.

– Passez-moi ce couteau! ordonna-t-il soudain en rejetant brusquement la tête en arrière.

Le poignard se trouvait par terre, presque à portée du jeune homme, aux pieds de Muriel. N'eût-elle été rivée au sol par l'horreur qu'il lui eût suffi de le pousser du bout de sa chaussure pour l'envoyer dans la direction de Nick. Hélas! elle ne put surmonter son dégoût.

S'arquant dans un effort gigantesque et tout en maintenant son étreinte mortelle de la main gauche, Nick parvint à tendre suffisamment la droite pour atteindre l'arme par ses propres moyens.

Lorsqu'elle aperçut le poignard dans la main du

jeune homme, Muriel eut l'impression qu'un brouillard épais commençait de l'envelopper tout entière.

Comme dans un des pires cauchemars qu'elle ait jamais vécus, le voile parut soudain se déchirer et elle *vit.* Elle vit se dérouler, à moins de deux mètres d'elle, un spectacle d'une insupportable bestialité. Elle vit l'horreur absolue, là, à ses pieds. Elle vit Nick penché sur sa proie comme un aigle prêt à tuer. Elle vit sa main droite s'élever soudain. Elle la vit plonger dans un éclair d'acier...

Poussant un cri strident, elle se détourna pour fuir l'insoutenable mise à mort.

Mais elle n'avait pas fait trois pas qu'à nouveau l'obscurité s'abattait sur elle.

Chancelante, elle tenta de lutter. Peine perdue. Déjà les ténèbres l'engloutissaient.

– Réveillez-vous, murmura Nick d'une voix douce. N'ayez pas peur.

Mais Muriel détourna son visage de la lumière en gémissant. Les souvenirs de la scène d'horreur à laquelle elle avait assisté lui revenaient d'un seul coup et elle souhaitait ne plus jamais s'arracher au néant.

– Réveillez-vous! insista Nick. Ouvrez les yeux, Muriel. Il n'y a plus rien qui puisse vous effrayer.

Frissonnante, elle lui obéit. Elle se trouvait à nouveau allongée sur sa couche de bruyère et, agenouillé auprès d'elle, il la dévorait des yeux. Son regard étincelait, on aurait juré celui d'un aigle.

Elle se rappela que, la dernière fois qu'elle avait regardé ce visage, c'était le faciès d'un démon qu'elle avait vu.

– Oh, allez-vous-en! Allez-vous-en! gémit-elle. Laissez-moi mourir.

– Je m'en irai si vous me promettez de boire le contenu de ce quart.

Il pressa le quart de fer-blanc contre la main de Muriel qui le prit, tel un automate.

– Ce n'est que de l'eau... avec un peu d'alcool, dit-il. Voulez-vous le boire?

– S'il le faut, répondit-elle faiblement.

– Il le faut, répliqua-t-il.

Et elle l'entendit se lever et s'éloigner.

Bientôt, elle trouva le courage de se lever à son tour, de regarder furtivement autour d'elle, craignant que Nick ne surgisse d'un moment à l'autre pour la retenir.

Mais elle ne vit même pas son ombre. Et c'est avec un profond soulagement qu'elle s'éloigna à pas de loup. Elle couvrit ainsi une dizaine de mètres et s'arrêta soudain, la gorge serrée. Là, juste devant elle, Nick était étendu à plat ventre, le visage dans les mains.

Tremblante, elle s'approcha de l'homme prostré.

– Nick..., murmura-t-elle.

– C'est vous, Muriel? dit-il d'une voix haletante, entrecoupée de spasmes. Je suis vraiment désolé... A vrai dire, je ne me sens pas très bien. Cela va... aller mieux... très rapidement. Eloignez-vous un peu, voulez-vous? Je...

Il s'interrompit et resta allongé, les poings crispés, comme s'il souffrait le martyre.

Muriel le regardait, consternée. C'était l'occasion ou jamais de lui échapper. Mais cette occasion, elle n'envisageait plus de la saisir.

– Qu'avez-vous? demanda-t-elle timidement. Puis-je faire... quelque chose?

Puis elle comprit soudain ce qui se passait et,

pivotant sur ses talons, regagna bien vite le campement.

En moins de trente secondes, elle était de retour et se penchait sur lui, un morceau de pain noir à la main.

– Mangez! ordonna-t-elle d'un ton autoritaire. Vous mourez de faim, j'aurais dû m'en rendre compte plus tôt.

Nick eut un petit rire nerveux et se souleva sur les coudes avec difficulté.

– Je ne meurs pas de faim, déclara-t-il. Emportez ça, Muriel. Pensez-vous que je vais engloutir ainsi votre déjeuner, votre dîner ainsi que votre petit déjeuner de demain?

– Pour mes agapes futures, nous verrons plus tard, répliqua-t-elle. En attendant, vous allez manger ce morceau de pain.

Il lui lança un coup d'œil où brillait la curiosité.

– Vous croyez ça?

Après un instant d'hésitation, Muriel se détourna brusquement. Nick s'assit et la regarda en silence. Soudain, elle lui fit face.

– Voilà, dit-elle. Je l'ai partagé. Vous mangerez bien au moins ce petit bout de pain. C'est absurde de vous laisser mourir de faim. Il n'y avait pas besoin de quitter le fort pour ça.

L'argument était irréfutable. Nick prit le pain sans protester davantage. Il se mit à le mastiquer en s'émerveillant de sa propre docilité. Et il découvrit soudain qu'il avait une faim de loup.

Il ne lui restait plus qu'une bouchée ou deux lorsqu'il leva les yeux.

– Montrez-moi ce que vous avez gardé pour vous, dit-il.

Muriel se contenta de reculer avec un petit rire

hystérique. Se levant d'un bond, il lui saisit l'épaule sans ménagement.

– Voulez-vous dire que...? commença-t-il d'un ton presque violent.

Puis, se contrôlant, il la fixa avec des yeux où la fureur le disputait au désarroi.

– Bon Dieu! pourquoi avez-vous fait une chose pareille! balbutia-t-il. Est-ce parce que vous...

Il s'interrompit en émettant un étrange son guttural et s'éloigna. Mais Muriel lui emboîta le pas. Chez la jeune fille, le sens des responsabilités l'emportait maintenant sur la répugnance.

– Nick! appela-t-elle.

Il s'arrêta, mais sans se retourner. Elle eut le sentiment qu'il lui fallait, pour ce faire, user de tout l'empire qu'il possédait sur lui-même.

– Vous avez besoin de sommeil, je le sais, poursuivit-elle. Voudriez-vous vous allonger pendant que je ferais le guet?

Toujours sans la regarder, il secoua la tête en signe de dénégation.

– Mais je souhaite assurer mon tour de garde, insista-t-elle. Je pourrai toujours vous réveiller en cas de danger...

– Vous me jurez de ne pas chercher à vous enfuir, Muriel?

– Bien sûr! répondit-elle, presque malgré elle.

– Je voudrais que vous vous asseyiez tout près de moi et que vous me teniez la main, murmura-t-il d'une voix presque inaudible.

Elle lisait dans ses yeux une telle lueur de supplication qu'elle faillit céder. Mais une soudaine sensation de nausée la retint au dernier moment.

L'image de Nick en train de poignarder son adversaire lui était revenue à l'esprit. L'horreur de cette scène de boucherie la bouleversait à nouveau. Que le jeune homme n'ait montré nulle émotion à la suite d'un crime aussi affreux lui semblait la preuve d'une férocité foncière, plus horrible que l'acte lui-même.

Nick n'insista pas. Il était allé s'allonger sur la couche de bruyère. Et il y demeurait tellement immobile, semblant respirer à peine, qu'elle comprit bien vite qu'il ne parviendrait jamais à se détendre ainsi, qu'en fait il n'essayerait même pas de trouver le repos.

Au prix d'un effort surhumain, elle alla s'asseoir auprès de lui, comme il le lui avait demandé.

Une minute à peine suffit pour que sa respiration régulière lui indiquât qu'il s'était aussitôt endormi. Il ne restait plus à Muriel qu'à demeurer ainsi, fidèle au poste, pendant les longues heures que devait durer sa veille.

Il lui avait fait confiance sans arrière-pensée. Et, en digne fille de son père, elle allait, quel qu'en fût le prix, prouver à Nick que cette confiance n'était pas mal placée.

Nick dormit tout le jour. Puis ils levèrent le camp et, pendant une bonne partie de la nuit suivante, cheminèrent sans discontinuer vers le sud. Observateur-né, Nick commença par se guider d'après les étoiles. Mais bientôt, au fur et à mesure qu'ils avançaient, il se mit à progresser avec l'assurance de qui connaîtrait à fond les parages. Son sixième sens semblait bien celui de l'orientation.

Main dans la main, foulant un sol raboteux, ils descendirent au fond de précipices, escaladèrent des pentes abruptes, poursuivant, presque hagards, leur route désespérée.

C'est à peine s'ils se parlèrent au cours de l'interminable marche. Au début, Muriel, s'était déplacée avec une certaine souplesse. Mais très vite, une profonde lassitude la gagna.

Elle n'en continuait pas moins bravement, sans se plaindre, aiguillonnée par le désir instinctif d'échapper au danger.

Lorsqu'elle trébucha lourdement pour la troisième fois, Nick s'arrêta et, sans un mot, la prit dans ses bras. Elle protesta un peu. Il n'en tint pas compte. Ses bras l'enserraient comme un étau et elle se sentait aussi désemparée qu'un petit enfant.

Le lever du soleil leur révéla un village indigène, niché au milieu de champs de riz et de coton, au creux de la vallée qu'ils surplombaient.

– Si nous voulons manger, il va falloir que je descende marauder, dit Nick.

Mais, s'accrochant désespérément à lui, Muriel le supplia de ne pas la quitter.

– Non! non! ne cessait-elle de répéter. Si vous y allez, il faut que j'y aille aussi. Je ne pourrai pas rester seule ici.

La voyant au bord de l'hystérie, il céda immédiatement. Il s'assit donc à côté d'elle et elle s'endormit bientôt, la tête appuyée contre son épaule.

Au bout de longues heures d'un sommeil agité, elle posa une main tremblante sur son bras.

– Qu'y a-t-il? s'inquiéta aussitôt Nick. De quoi avez-vous peur?

Elle ne s'écartait plus de lui. Il distinguait à peine son visage dans l'ombre épaisse qui les entourait.

– Je n'ai pas peur, Nick, dit-elle faiblement. Je veux seulement dire que vous allez devoir continuer sans moi. Ce n'est plus la peine de vous inquiéter. Vous pouvez m'abandonner. Je serai morte avant le matin. Je vous répète que je n'ai pas peur. Je crois que je suis plutôt contente. Je suis... tellement, tellement fatiguée.

Lorsque Nick répliqua, sa voix était d'une infinie douceur, nuancée d'une formidable sûreté de soi.

– Ma chère petite, dit-il, vous semblez négliger un détail : désormais, vous m'appartenez. Vous m'avez été confiée par votre père et je n'ai nulle intention de vous abandonner où que ce soit... ni à qui que ce soit, d'ailleurs.

Elle ne s'insurgea pas, n'essaya pas de lui retirer sa main, mais elle avait la voix brisée, pitoyable.

– Pourquoi ne me laissez-vous pas mourir? J'ai envie de mourir... Pourquoi me retenez-vous?

– Pourquoi? demanda-t-il avec exaltation. Voulez-vous vraiment que je vous en dise la raison?

Mais, jugeant le moment inopportun, il se domina et posa doucement la main de Muriel par terre.

– Vous le saurez un jour, Muriel, murmura-t-il. En attendant, vous allez devoir faire confiance à ma raison. Et je vous garantis qu'elle est très saine.

Plus tard, lorsqu'il la souleva dans ses bras pour reprendre la route, elle sanglota, l'implorant de la laisser là où elle était. Il ne voulut pas l'écouter.

Ainsi la transporta-t-il pendant des heures, mû par une force quasi surhumaine, fruit de sa seule volonté.

Bien que boitant très bas, il marcha toute la nuit et parvint à couvrir un grand nombre de kilomètres à travers une région sauvage et accidentée, incroyablement désolée. A l'aube, enfin, épuisé, il découvrit une cache où ils pourraient s'allonger tous deux. Creusée sur le versant d'une montagne, elle surplombait un défilé sinueux.

Tout le jour, ils restèrent blottis dans leur cachette. Soit endormie, soit plongée dans une insondable torpeur, Muriel gardait les yeux fermés. L'ineffable paix de la mort semblait nimber ses traits figés.

Vers le soir, tandis qu'il retenait sa respiration pour ne point la déranger, elle tourna légèrement vers lui son visage et, avec l'abandon d'un enfant, vint se pelotonner contre sa poitrine. Pourtant, bien qu'elle reposât ainsi dans ses bras, il n'en demeurait pas moins conscient – et avec quelle amertume! – du fait qu'elle était loin, très loin de lui.

La pourpre et l'or du soleil couchant s'intensifiaient. Pendant quelques secondes, les sommets escarpés scintillèrent, dorés comme les cimes du Paradis. Et, rompant la magie du silence, Muriel se mit à parler.

– Les voyez-vous? dit-elle.

Ses yeux étaient tournés vers les montagnes. Une lumière étrange baignait ses traits délicats.

– Voir quoi, ma chérie? l'interrogea-t-il avec douceur.

Les yeux de Muriel le fixèrent un instant. Elle avait un regard songeur.

– Comme c'est étrange, marmonna-t-elle. Je pensais que c'était... un aigle.

Le ton détaché – presque absent – de Muriel lui fendit le cœur. Et cette souffrance eut soudain raison de ses dernières forces.

– C'est moi... C'est Nick! insista-t-il, éperdu. Vous savez bien que vous me connaissez!

Mais les yeux de Muriel regardaient loin, très loin, bien au delà de lui.

– Nick? s'interrogea-t-elle à voix haute. Nick? Mais non, voyons, ce n'était pas Nick... c'était un aigle.

Il la sentait qui s'éloignait de lui et il ne pouvait la retenir. Il ne pouvait même pas espérer la suivre là où elle allait. Un sanglot le secoua tout entier. Et soudain, tel le flot irrépressible qui surgit des portes d'un barrage trop longtemps fermé, le désespoir de cet homme que l'on croyait insensible se donna libre cours.

– Muriel! gémit-il tandis que les larmes ruisselaient sur son visage boucané. Muriel! Reste avec moi! Regarde-moi! Aime-moi! Il n'y a rien pour toi, là-bas, dans les montagnes! Celui qui t'aime est ici, à côté de toi. Il te tient dans ses bras... O, Dieu! implora-t-il, brisé, elle ne me comprend pas! Faites qu'elle comprenne, qu'elle ouvre les yeux, qu'elle voie!

– Mais, Nick, dit-elle doucement, je *vois*. C'est vous qui ne vous rendez compte de rien.

– Quoi? balbutia-t-il. Où ça?

– Là en bas, soupira-t-elle. Ne vous rappelez-vous pas la citation? « Et les montagnes... étaient parcourues de... de chevaux... et de... de chars de feu! » Vous voyez bien que... que Dieu les a envoyés...

Trop lasse, elle se tut.

Nick tourna ses prunelles meurtries vers l'étroit défilé, au fond de la vallée. Et il écarquilla les paupières, comme envoûté.

Etait-il, lui aussi, en train de délirer? Etait-ce un mirage, le fruit de son imagination enfiévrée? Là, à ses pieds, à moins de cinquante mètres, une longue file de cavaliers, le fusil en bandoulière et revêtus de l'uniforme rutilant de l'armée britannique, serpentait à perte de vue.

Un roulement de tambour lui tortura les tympans, faisant naître, sous son crâne, un tumulte terrifiant, une confusion indescriptible.

Rassemblant ses dernières forces, il voulut se lever, agiter les bras. Mais l'émotion fut la plus forte. Il chancela. Et la dernière chose qu'il entendit fut la sonnerie des clairons battant lc rappel.

2

Les joyeux arpèges d'un piano égrenant un air d'opéra-comique rompirent soudain le silence qui régnait parmi les célèbres pins de Simla. Et une voix éraillée se mit à massacrer gaillardement une vieille romance sentimentale.

Sur la véranda, l'expression du *khitmutgar* aurait pu passer pour méprisante si son rôle n'avait pas précisément consisté à afficher l'humilité teintée d'arrogance qui sied à un serviteur indigène conscient de son importance. Il attendait que sa maîtresse sorte de la nursery où on l'entendait donner des ordres à l'*ayah* de son bébé.

Mais le premier couplet de la ritournelle était à peine achevé qu'elle jaillit en coup de vent, bousculant presque, dans sa hâte, l'imposante silhouette du serviteur.

– Sammy! le gronda-t-elle. Pourquoi ne m'as-tu pas annoncé le capitaine Ratcliffe?

Pressant le pas, elle se précipita dans la pièce d'où provenait la musique.

– Nick! Mon cher Nick! s'exclama-t-elle. Comment aurais-je pu vous imaginer ici?

Le concert improvisé s'interrompit dans une cacophonie de fausses notes et Nick se leva d'un bond.

– C'est ce que j'ai cru comprendre, gente dame! répliqua-t-il. (Saisissant les mains qu'elle lui tendait, il les baisa tour à tour.) Et j'ai pris, poursuivit-il, le premier moyen venu de signaler ma présence. Ainsi donc, les médecins ont finalement réussi à vous expédier à Simla?

– Oui, j'ai dû m'y résoudre à cause de l'enfant. Ils avaient d'abord estimé qu'il fallait que je rentre en Angleterre, qu'un séjour dans cette station au pied de l'Himalaya n'était, pour le petit et pour moi, qu'un pis-aller après la période difficile qui a suivi la naissance. Oh! je meurs d'envie de vous le montrer, Nick! Il n'a que six mois et c'est déjà un amour! Mais parlez-moi de vous. Je suis sûre que vous avez faussé compagnie au corps médical trop tôt.

– *Tu quoque!* s'exclama Nick en riant. Et avec beaucoup moins d'excuses. Pourtant, vous trouvez le moyen d'être ravissante. Savez-vous, Mrs Musgrave, que vous ne rendez pas justice au « pis-aller » dont vous parlez? Si j'étais Will, je serais fou de jalousie.

Daisy Musgrave le regarda en faisant la moue. C'était une fort jolie femme, dotée d'un charme dont elle n'était pas totalement inconsciente.

– Cessez ce badinage, Nick. Et parlez-moi de vous, insista-t-elle. Vous n'ignorez pas que je poursuis ici ma convalescence, que le petit a besoin de soins constants et que je ne vais donc nulle part. Sinon, je serais passée vous voir à l'hôpital.

– Vous avez été fort avisée de ne pas prendre cette peine, répondit Nick. Je n'ai fait que dormir, ces trois dernières semaines, et viens seulement de me réveiller.

Mrs Musgrave le regarda en souriant.

– Pauvre Nick, soupira-t-elle. Mais Fort Wara a finalement été secouru.

– Si l'on peut dire. Grange était le seul survivant parmi les Blancs, encore qu'il n'ait rien mangé pendant les dernières soixante-douze heures. Si Muriel Roscoe était restée, elle serait morte avant même que Bassett n'arrive en vue du fort. Il est des moments où le fait même de souffrir – comment dirai-je? – « activement » maintient les gens en vie. C'est ce qui s'est passé pour elle.

Il s'était exprimé avec brièveté, presque avec sécheresse, et changea aussitôt de sujet :

– Vous deviez être très inquiète pour votre cousin.

– Blake Grange? Bien sûr. Mais j'étais inquiète... folle d'inquiétude pour... pour vous tous.

La voix de Mrs Musgrave trahissait une émotion profonde.

– Merci, répondit Nick en posant sur le bras de Mrs Musgrave une main aux doigts longs et secs. Je savais pouvoir compter sur votre sympathie. C'est d'ailleurs pourquoi je suis venu vous demander un service. Je voudrais que vous soyez gentille, très gentille avec Muriel Roscoe. Elle a besoin qu'on lui tienne la main, en ce moment.

Daisy Musgrave ouvrit de grands yeux.

– Décrivez-la-moi un peu, nous ne nous sommes jamais rencontrées. Et pourquoi me demandez-vous cela à moi, alors que lady Bassett l'a prise en charge?

– Lady Bassett! ricana Nick avec une horrible grimace qui en disait plus qu'un long discours.

Daisy Musgrave éclata de rire.

– Quelle éloquence! Alors, vous aussi, vous la

haïssez? Moi qui croyais qu'elle avait tous les hommes à ses pieds!

Nick se laissa tomber dans un fauteuil.

– Une fois, j'ai failli la tuer.

– Quel dommage que vous l'ayez ratée! s'exclama Daisy Musgrave. Pour ma part, je la déteste de tout cœur. L'avez-vous jamais regardée danser? Une sorte d'ondulation reptilienne lui parcourt tout le corps! Mon Dieu! j'en deviens moi-même une vipère : je ferais mieux de m'arrêter avant que vous ne vous enfuyiez épouvanté.

– Oh! n'ayez nulle crainte à ce sujet! dit Nick en riant. Personne mieux que moi ne sait à quel point elle peut tortiller du croupion. Et elle me hait comme un cobra hait une mangouste.

– Vraiment? demanda Daisy Musgrave avec le plus vif intérêt. Mais pourquoi ça?

Il secoua la tête.

– Je préférerais que vous posiez la question à l'intéressée. Peut-être parce que j'ai eu la mauvaise fortune de... de l'enflammer un beau jour. Il est vrai que je l'ai éteinte après coup. Mais je ne pense pas que l'expérience lui ait plu. Ce fut une opération humiliante. Le contenu du seau à glace lui a d'ailleurs gâché sa robe.

– Mais elle est toujours si charmante à votre égard! rétorqua Daisy.

– Mielleuse serait le mot juste. Seulement, je sais à quoi m'en tenir sur son compte. Et c'est ce qui me ramène à Muriel Roscoe et au service que je vous demande.

Daisy lui décocha soudain un regard perçant.

– Souhaitez-vous l'épouser? lui demanda-t-elle à brûle-pourpoint.

Les sourcils délavés de Nick se haussèrent presque au point de rejoindre ses cheveux filasse.

– Ma chère Daisy, dit-il, vous êtes un génie. C'est exactement mon intention.

Daisy alla fermer doucement la fenêtre.

– Elle est bien jeune, dit-elle, pensive. Est-elle amoureuse de vous?

Elle ne se retourna pas en l'entendant rire. Elle s'y attendait presque. Car elle connaissait Nick comme peu de gens le connaissaient. Une forte sympathie les liait tous deux.

– Pouvez-vous imaginer qu'une fille tombe amoureuse de moi? demanda-t-il.

– Pourquoi pas? Etrange vous êtes, certes... mais pas à ce point. Il n'est d'ailleurs pas un homme au monde qu'une femme ne puisse se montrer assez folle pour aimer.

– Je vous remercie! Alors... je peux compter sur votre soutien? Je sais que lady Bassett va me mettre des bâtons dans les roues autant que faire se pourra. Mais j'ai le consentement de sir Reginald, qui est le tuteur de Muriel. Et je bénéficie, en tout premier lieu, de la bénédiction de son père. (Il marqua un temps avant de poursuivre :) Il n'y a pas de temps à perdre, Daisy. La situation actuelle est insupportable. Elle sera toujours malheureuse auprès de lady Bassett.

Toujours debout près de la fenêtre, Daisy continuait de lui tourner le dos.

– Je ne suis pas sûre qu'il soit en mon pouvoir de vous aider, répondit-elle avec lenteur. Elle est très jeune, Nick. Et si... si vraiment elle ne vous aime pas, vous ne devez pas me demander de l'en persuader.

Nick se leva d'un bond.

– Oh! mais vous ne comprenez pas! s'empressat-il de rétorquer. Avec moi, elle connaîtrait le... enfin, un certain bonheur. J'y veillerais. Elle... elle pourrait compter sur une gentillesse infinie de ma part, Daisy.

Entendant la voix de Nick trembler malgré lui, elle pivota sur ses talons.

– J'en suis persuadée, mon cher Nick, dit-elle avec franchise. Vous pourriez rendre heureuse n'importe quelle femme qui serait amoureuse de vous. Mais personne, personne ne connaît le malheur qui peut résulter d'un mariage sans amour réciproque... si ce n'est ceux qui en sont passés par là.

Sa déclaration avait été faite sur un ton passionné. Mais elle parut se reprendre et, posant une main amicale sur le bras de Nick, elle coupa court avec un sourire.

Les effluves aromatiques des pins de Simla encerclaient littéralement le bungalow d'été des Bassett et en pénétraient tous les recoins. Lady Bassett avait coutume de les décréter « d'une douceur enivrante ».

Son bungalow était un des plus coquets et des mieux situés de Simla. Malgré cela, on la trouvait rarement chez elle, si ce n'est en prenant rendez-vous.

Elle paraissait environ trente-cinq ans – bien que les malicieux ajoutassent à son crédit une bonne douzaine d'années. Ses cheveux étaient d'une blondeur étudiée, sa voix d'une suavité calculée et son éternel sourire un tantinet crispé. Rares étaient ceux qui ne la redoutaient pas.

Ils n'étaient guère légion non plus ceux qui se sentaient vraiment à l'aise en sa présence. Et Muriel Roscoe ne faisait pas, et de loin, partie du nombre.

Sir Reginald lui avait été désigné comme tuteur par son père et le digne général, conscient de ses responsabilités, l'avait immédiatement expédiée à sa femme, en cure à Simla. La jeune fille était alors trop souffrante pour s'intéresser si peu que ce fût à l'endroit où on l'envoyait ni à ce qu'il adviendrait d'elle au bout du compte.

Elle n'était maintenant plus réellement malade mais une sorte d'apathie physique l'affligeait encore, contre laquelle elle ne trouvait pas la force de lutter.

Il lui arrivait souvent de se demander avec un étonnement mêlé de tristesse pourquoi elle était toujours de ce monde, pourquoi elle avait survécu aux horreurs de sa fuite à travers les montagnes.

Parfois, à travers l'écran de sa mélancolie, lui parvenaient des échos du monde futile et gai qui virevoltait autour d'elle. Elle entendait alors le brouhaha de voix rieuses, l'éclat de musiques entraînantes, le bruit léger de pieds qui valsaient. Mais elle ne tardait guère à sombrer à nouveau dans son univers fait de vide sans fond, de silence pesant, de désolation indicible.

S'il lui arrivait de penser à Nick à cette époque, c'était comme à un fantôme appartenant à un cauchemar enfoui au plus profond d'elle-même. Il ne faisait en rien partie de son présent. Quant à son avenir, elle ne parvenait pas à l'envisager.

Personne n'avait mentionné son nom devant elle jusqu'à ce qu'un jour, les joues légèrement rouges et les yeux plus brillants qu'à l'ordinaire, lady Bassett n'entre dans sa chambre avant de se rendre à une garden-party donnée à la résidence du vice-roi.

– Je viens de recevoir un mot du capitaine Ratcliffe, chère Muriel, dit-elle. Je lui avais déjà signifié que votre état ne vous permettait pas de recevoir en ce moment. Il n'en annonce pas moins son intention de vous rendre visite. Sans doute voudrez-vous lui écrire un mot vous-même pour confirmer mes dires.

– Le capitaine Ratcliffe! s'exclama Muriel en écho, comme si rien de particulier ne se rattachait à ce nom. (Puis elle sursauta et ses joues s'enflammèrent.) Oh! vous voulez dire Nick. J'avais... j'avais presque oublié son nom de famille. Il veut me voir? Il est encore à Simla?

Avec un brin d'humeur, Muriel détourna son front brûlant du regard étrange que lui décochait lady Bassett. Que voulait dire cette femme en la dévisageant ainsi?

Un silence suivit et lady Bassett se mit à boutonner les innombrables petits boutons de ses longs gants.

– Bien entendu, ma chère petite, susurra-t-elle enfin d'une voix doucereuse, il n'est pas le moins du monde nécessaire que vous le voyiez. A dire vrai, si l'on me demandait mon avis, je vous recommanderais de n'en rien faire... car après l'effroyable odyssée que vous avez vécue ensemble, on ne saurait se montrer trop circonspect. La calomnie a si tôt fait de se répandre. Ecrivez-lui un mot pour lui dire que vous ne pouvez le recevoir.

– Pourquoi diable? demanda Muriel avec une énergie insoupçonnée. (Elle releva la tête pour fixer lady Bassett avec dans les yeux un éclat de défi.) Oui, pourquoi ne devrais-je pas le voir? Après tout, il est de mon devoir de le remercier.

Lady Bassett céda immédiatement tout en ne s'autorisant que le plus léger haussement d'épaules possible.

– Vous agirez bien sûr comme vous l'entendez, ma chère enfant. Mais je vous exhorte à la prudence. Il parle de venir cet après-midi. N'estimez-vous pas plus raisonnable qu'il remette sa visite afin qu'elle puisse avoir lieu en ma présence?

– Non, je n'en vois pas du tout la nécessité, dit Muriel avec un naturel désarmant.

– Dans ce cas..., fit lady Bassett sur le ton de quelqu'un qui rejette toute responsabilité.

Et, se penchant vers la jeune fille avec un sourire quelque peu crispé, elle l'embrassa sur le front.

Pendant près d'une heure, Muriel resta allongée, tendant presque inconsciemment l'oreille. Et puis soudain, avec le sentiment d'avoir déjà vécu la scène bien longtemps auparavant, elle entendit le bruit d'une démarche nonchalante et les échos d'une voix qui fredonnait – atrocement faux – une vieille ballade anglaise.

Cela lui transperça le cœur. Le souvenir de son ultime nuit à Fort Wara lui revenait à l'esprit – lorsqu'elle s'était accrochée au cou de son père pour la dernière fois et qu'elle l'avait entendu lui dire au revoir... lui donner en quelque sorte rendez-vous « au jour béni où Dieu consentirait à les réunir ».

Elle se leva avec l'impression d'étouffer et dut s'appuyer au dossier du canapé pour garder l'équilibre. Aurait-elle la force de supporter cette entrevue? Elle savait Nick sur la véranda. Respirant à fond comme pour ravaler un sanglot, elle marcha à sa rencontre.

Un grand sourire éclairait son visage cuivré où chaque ride exprimait la bonhomie. Il entra d'un air dégagé et sans faire de cérémonies, comme s'ils étaient deux vieux amis d'enfance qui se seraient quittés la veille.

Il lui prit la main un instant et, tout en battant des paupières, étudia minutieusement chacun de ses traits.

– Je constate que vous allez mieux, déclara-t-il enfin. Il est donc superflu que vous vous donniez la peine de me le confirmer.

Il la conduisit jusqu'au canapé et s'assit à sa gauche.

– Abordons les problèmes selon un ordre logique, poursuivit-il. Je me suis laissé dire que vous n'étiez plus entre les mains des médecins. Est-ce exact?

Muriel était adossée aux coussins. Ses paupières étaient soudain si lourdes qu'elle ne les leva pas pour répondre.

– Oh, oui! cela fait déjà un bon moment. Si j'excepte le fait que je me sente encore assez fatiguée, je me porte comme un charme.

Il acquiesça d'un air entendu. Puis il posa la main sur celles de la jeune fille, croisées dans son giron.

– Je suis ravi d'apprendre que vous vous portez comme un charme, dit-il avec comme une explosion de rire dans la voix. Cela n'en rend ma tâche que plus aisée... Je suis venu vous demander, chère Muriel, dans combien de temps il pourrait vous convenir de m'épouser. Aujourd'hui? Demain? La semaine prochaine? Je ne voudrais pour rien au monde vous presser outre mesure. Mais rien non plus ne me semble justifier le moindre atermoiement. Personnellement, je déteste attendre. Pas vous?

Il avait parlé avec une très grande douceur, mais on eût dit qu'une note d'humour se mêlait à son discours.

Lorsqu'il eut terminé, les yeux de Muriel étaient écarquillés. Abasourdie, elle le regardait fixement. Sa rougeur avait tourné au cramoisi.

– Vous... vous épouser? haleta-t-elle enfin, bégayant de confusion. Moi? Pourquoi?... Mais pourquoi? Comment avez-vous pu rêver chose pareille?

– Je vais vous le dire, rétorqua Nick, nullement ébranlé. J'ai rêvé que certaine de mes amies était seule, triste et dans la peine. Puis je me suis rappelé qu'elle m'appartenait, qu'elle m'avait bel et bien été confiée par son père pour que je veille sur elle et la chérisse. Alors j'ai pris mon courage à deux mains pour lui demander de fixer le jour où nous nous lèverions très tôt pour nous rendre à l'église afin d'y assister à une brève cérémonie à l'issue de laquelle nous nous éclipserions après avoir fait nos adieux à toutes sortes d'amis et connaissances. Ne voudriez-vous pas accorder à ce projet toute l'attention que, à mon humble avis, il mérite?

Il serrait encore très fort les mains de Muriel dans les siennes. Mais elle était bien trop stupéfaite pour lui répondre avec toute la rapidité qu'il semblait souhaiter.

– Dites-moi au moins ce que vous en pensez, insista-t-il gentiment.

Incapable de décrire ses propres sentiments, elle se contentait cependant de secouer la tête en silence.

Soudain, n'en pouvant plus, elle libéra ses mains et se leva. Une fois de plus, son ancienne aversion pour cet individu lui tordait l'estomac, lui remontait dans la gorge, comme une nausée brutale. Une fois de plus, elle le revoyait, dominant son adversaire dans un combat sans pitié qui devait se conclure sur ce qu'elle considérait comme un assassinat.

C'était plus qu'elle n'en pouvait supporter. Luttant de toutes ses forces pour repousser ce spectacle qui torturait son esprit fatigué, elle enfouit son visage dans ses mains.

– Oh! je ne sais pas si je peux! gémit-elle presque. Je ne sais pas si je peux!

Nick ne bougeait pas. Et pourtant il semblait à Muriel que, par une sorte de force magnétique, il la retenait auprès de lui.

Lorsqu'il se remit à parler, elle l'écouta.

– Il n'y a pourtant, dans tout cela, pas de quoi vous effrayer, dit-il. Je ne veux que prendre soin de vous. Et je serai infiniment bon pour vous, Muriel... si vous voulez bien de moi.

Quelque chose dans ces derniers mots – un soupçon de supplication, de cajolerie, même – parvint droit au cœur de Muriel, comme malgré elle.

Elle n'en demeurait pas moins toujours indécise. Serait-elle capable d'accepter? Oserait-elle sauter le pas? Que se passerait-il si cette vision d'horreur la poursuivait sans répit jusqu'à la fin de ses jours?

Il lui était impossible de répondre de façon satisfaisante à ces questions qui la tourmentaient. Mais pourquoi devrait-elle refuser de l'écouter? Ne lui avait-il pas déjà prouvé qu'il pouvait être gentil?

Une vague soudaine de gratitude à l'égard de Nick s'empara de son cœur. L'horreur qu'elle éprouvait s'évanouit en fumée, tel un mauvais rêve.

– Après tout, peu m'importe ce que je fais désormais, dit-elle avec lassitude. Je vous épouserai si vous le souhaitez, si vous... si vous êtes sûr et certain que vous ne le regretterez jamais.

– Parfait! applaudit aussitôt Nick. Voilà qui règle la question, car j'en suis sûr et certain depuis une éternité.

Il s'épanouit, hilare. Son visage était un masque

gouailleur. Quels étaient les véritables sentiments de Nick à ce moment précis, Muriel n'en avait pas la moindre idée.

En réponse, elle esquissa un petit sourire pitoyable.

– Il vous faudra faire preuve de beaucoup de patience avec moi, dit-elle d'une voix tremblante. Car n'oubliez jamais que... que j'ai atteint le fond du gouffre et que vous êtes le seul ami qui me reste.

Muriel demeura éveillée pendant des heures, cette nuit-là. L'esprit enfiévré, elle ne pouvait s'empêcher de ressasser les moindres détails de son entrevue avec Nick.

Ebahie d'avoir si docilement cédé, elle n'en comprenait pas moins tout ce que sa décision avait d'irrévocable.

Aux petites heures de l'aube, elle finit par s'endormir, épuisée, pour rêver qu'un aigle l'avait saisie entre ses serres et, fendant les nuages, l'emportait à tire-d'aile jusqu'à son aire, là-haut, très haut dans la montagne.

C'était un vol interminable, qui la laissait tout à la fois pantelante et transportée par un sentiment d'excitation, d'exaltation ineffables; un vol au cours duquel elle atteignait au comble de la félicité pour se sentir bientôt transpercée comme par une épée de feu.

Elle s'éveilla dans un cri et bondit, hors d'haleine, en entendant des chevaux piaffer sous ses fenêtres. Une voix joyeuse l'appelait.

Elle faillit éclater de rire en se rendant compte de qui il s'agissait, et en un instant toutes ses appréhensions de la nuit s'évanouirent. Ayant obtenu d'elle la promesse d'une promenade à cheval en sa compagnie, à l'aube, il avait bien l'intention qu'elle la tienne.

Lorsqu'elle sortit après s'être vêtue à la hâte, Nick avait mis pied à terre et l'attendait près des marches de la véranda.

– En selle! Nous allons nous offrir un temps de galop fantastique. J'ai apporté des tablettes de chocolat pour que vous ne mouriez pas de faim. Prête?... Hop-là!... Ma chère petite, vous êtes encore affreusement légère. Pourquoi ne mangez-vous pas davantage?

– Vous êtes vous-même maigre comme un clou, répliqua Muriel avec un à-propos tout à fait inhabituel.

Il leva vers elle son visage boucané tandis qu'elle s'installait en selle. Puis, se découvrant d'un geste vif, il s'inclina pour baiser l'étoffe noire de l'amazone de Muriel, humblement, avec dévotion, comme il sied à un esclave.

Ce geste de Nick fit naître en elle un étrange frisson. C'était en quelque sorte une révélation. Et elle se sentit bizarrement émue en repensant à l'aigle de son rêve, qui fendait l'air avec elle à travers les espaces infinis.

Après s'être affairée à saisir ses rênes dans l'obscurité, elle jeta un coup d'œil en arrière pour voir Nick qui s'était éloigné. Mais il avait fait faire un quart de tour à son cheval et fixait la plaine qui s'étendait à perte de vue. Dans le silence des petites heures de l'aube, ils auraient pu se croire seuls au monde.

Elle éperonna sa monture et le rejoignit.

– J'ai froid, Nick, murmura-t-elle. Si nous partions?

Comme arraché soudain à un rêve, il poussa un

brusque soupir, presque un cri d'oiseau blessé et fit pirouetter son cheval.

– Hein? Froid? Nous allons foncer vers Annandale.

Piquant des deux, ils s'élancèrent à bride abattue. Après un bon quart d'heure de galop, ils adoptèrent une allure plus modérée et Nick vint chevaucher au côté de Muriel.

– Un peu de trot nous fera du bien, dit-il. Nous avons d'ailleurs tout le temps devant nous. A propos, je veux vous présenter à une de mes amies, Daisy Musgrave. En avez-vous déjà entendu parler? Blake Grange et elle sont cousins germains. Je parie que vous aimerez Daisy. Elle et moi sommes les meilleurs amis du monde.

Muriel avait entendu le capitaine Grange évoquer sa cousine. Et le mari de Daisy lui avait un jour été présenté.

– C'est un garçon sympathique, dit-elle. Mais je l'ai trouvé bien jeune.

– Il est en effet très jeune, répondit Nick. Mais il n'en est pas moins fonctionnaire de valeur et travaille comme un fou. Mrs Musgrave est très fragile et son bébé encore bien davantage. Le gosse et elle ont été expédiés ici en vitesse pour profiter du bon air. Je ne sais pas au juste de quoi souffre le petit : faiblesse congénitale, sans doute. Et elle, je ne crois pas qu'elle ait le cœur très solide. Il se peut qu'elle doive rentrer en Angleterre avec le gamin pour se refaire une santé. Elle ne sort pour ainsi dire pas, mais elle espère que je vais vous emmener chez elle. Y consentirez-vous?

Muriel hésita un instant.

– Nick, racontez-vous à... à tout le monde... que nous sommes fiancés?

– Bien sûr! Pourquoi pas?

Elle ne pouvait le lui avouer, mais elle en était quelque peu consternée.

– Je l'ai annoncé hier soir à lady Bassett, continua-t-il. Ne vous en a-t-elle pas touché mot?

– Oh si! Elle m'a embrassée et s'est déclarée ravie.

– Comme c'est gentil de sa part! commenta Nick. Cette chère lady Bassett dit toujours et fait toujours ce qu'il faut dire et faire... et au moment qui convient, qui plus est! C'est une de ses spécialités.

Muriel ne releva pas le propos, bien qu'elle en eût perçu le sarcasme. Ainsi, Nick n'aimait pas non plus son hôtesse. Elle se demandait pourquoi.

– Après tout, poursuivit-il bientôt, autant le clamer sur les toits puisque nous allons nous marier dans les plus brefs délais. Il va de soi pour tout le monde que cette affaire ne regarde que nous. Vous n'avez donc pas besoin de redouter la moindre démonstration intempestive.

– Et Mrs Musgrave est au courant?

– C'est à elle que j'en ai fait part en premier.

Il approcha son cheval jusqu'à être botte à botte.

– Il y a une chose que je veux vous confier, Muriel, avant que nous ne mettions pied à terre.

– Quoi, mon Dieu? s'exclama-t-elle, tournant vers lui un regard effaré.

– Rien qui doive vous alarmer, froussarde! railla Nick. Je voulais le faire il y a quelques minutes, mais la timidité m'en a empêché. Regardez, ma chérie.

Sur la paume de sa main, il lui tendit un petit paquet enveloppé de papier de soie.

– C'est une bague et je désire que vous la portiez.

Un message est gravé à l'intérieur de l'anneau. Lisez-le quand vous serez seule.

Muriel regarda le minuscule paquet sans y toucher. Elle avait blêmi.

– Oh! Nick, balbutia-t-elle enfin, êtes-vous... êtes-vous... tout à fait sûr?

– Oui, dit-il en souriant. Je suis... tout à fait sûr.

Incapable de désobéir, elle le prit alors.

– Ne regardez pas maintenant, dit-il. Attendez que je ne sois pas là.

Elle lui lança un coup d'œil reconnaissant en glissant son cadeau dans sa poche.

Mais dans le tréfonds de son cœur demeurait cependant une peur indicible qu'elle n'avait pas davantage la force de définir que de chasser.

Bien que le petit déjeuner les attendît sur la véranda, lady Bassett n'était pas encore visible lorsque Muriel revint – seule – au bungalow. Elle gagna rapidement sa chambre et se hâta de faire couler un bain.

Elle sortit le cadeau de Nick de la poche de son amazone mais recula encore le moment de l'ouvrir.

Une enveloppe posée sur sa table attira son attention. Elle la décacheta et parcourut rapidement le mot qu'elle renfermait. L'écriture ne lui en était pas familière – griffonnage impétueux qui aiguisa sa curiosité.

Chère miss Roscoe,

Ne me prenez pas, je vous en conjure, pour une abominable empêcheuse de tourner en rond. Mais auriez-vous par miracle la gentillesse de renoncer aux solennités d'usage et de me rendre visite cet après-

midi? Je sais que Nick envisage de vous amener ici, ce qu'il ne manquera pas de faire si vous préférez qu'il en soit ainsi. J'estime cependant pour ma part que, entre nous, il serait vraiment de trop. Faites-moi connaître de vive voix votre avis sur la question. Sinon, je comprendrai.

Souhaitant devenir votre amie,
Daisy Musgrave.

Le visage de Muriel s'éclaira d'un petit sourire. L'amitié, la spontanéité qui émanaient de cette lettre lui faisaient l'effet d'une main chaleureuse venant serrer la sienne. Oui, elle irait. D'instinct, elle savait pouvoir compter sur la sympathie de cette femme.

Elle avait encore le mot à la main quand elle rejoignit lady Bassett sur la véranda.

Celle-ci accueillit la jeune fille avec un sourire légèrement pincé.

– Vous êtes bien matinale, ma chère petite, dit-elle d'un ton doucereux. J'espère que la visite du capitaine Ratcliffe n'a pas réveillé tout le voisinage. Je crois qu'il serait peu sage de votre part de réitérer ce genre d'escapade en sa compagnie avant le lever du soleil, et je compte sur votre bon sens pour que cette première fois soit la dernière.

Muriel rougit sous ce qu'elle considérait comme une insulte.

– Ce n'est pas la première fois, corrigea-t-elle de sa voix basse, toujours plus grave quand elle était mue par l'indignation. Nous avons vu ensemble se lever le soleil – et aussi la lune – bien avant aujourd'hui.

Lady Bassett soupira.

– J'estime de mon devoir de vous faire des

remontrances quand je vous vois enfreindre les conventions et adopter une conduite susceptible de prêter le flanc aux interprétations les plus regrettables. Prendrez-vous du café?

Assise de l'autre côté de la table, Muriel posait sur son hôtesse le regard de ses grands yeux sombres où ne brillaient ni honte ni colère – simplement un insurmontable dédain.

Après un silence voulu, elle décida de laisser tomber la question, estimant à part soi que les arguties de lady Bassett ne valaient rien de plus que l'intérêt qu'on voulait bien leur accorder.

– J'ai l'intention d'aller voir Mrs Musgrave, une amie de Nick, cet après-midi, dit-elle au bout d'un moment. Je suppose que vous la connaissez.

Le front de lady Bassett se plissa imperceptiblement. Il eût été abusif de qualifier le phénomène de froncement de sourcils.

– Avez-vous déjà rencontré Mrs Musgrave? s'enquit-elle cependant.

– Non, jamais, avoua Muriel. Mais c'est une amie de Nick. En outre, je connais très bien son cousin, le capitaine Grange.

Lady Bassett n'émit aucun commentaire à ce sujet.

– Vous êtes évidemment assez âgée, ma chère petite, se crut-elle néanmoins obligée de préciser, pour vous distraire comme vous l'entendez. Mais vous devriez quand même savoir qu'il n'est guère courant de se plonger dans les plaisirs mondains après un deuil aussi récent que le vôtre. (Et la bonne âme de poursuivre :) En ceci, je me garde bien de faire allusion à votre mariage, ma chère petite. Il appartient – j'en suis hélas consciente – au domaine de la plus absolue nécessité. Et...

Elle s'arrêta net car Muriel avait soudain bondi de sa chaise. Dans son visage blême, ses yeux étincelaient de fureur.

– Comment osez-vous qualifier mon mariage de nécessité? s'emporta-t-elle. Sir Reginald m'a affirmé que mon père m'avait laissé de quoi vivre dans une certaine aisance.

– Bien sûr, bien sûr, ma chère petite! minauda lady Bassett avec un petit rire affecté. Il ne s'agit en rien d'une sordide question pécuniaire. Mais puisque vous êtes si puérilement candide, je préfère laisser à d'autres le soin de vous ouvrir les yeux. Qu'il vous suffise de savoir ceci : il existe en faveur de votre mariage une raison assez impérative pour que le plus tôt soit le mieux.

Lady Bassett conclut son prône d'une légère élévation des épaules, fort éloquente, ma foi. Et Muriel s'éloigna d'un pas plus décidé et le menton résolument plus haut que d'habitude.

En passant dans sa chambre, elle enfouit dans sa poche le cadeau de Nick avec une curieuse sensation de plaisir, puis elle ressortit pour gagner le coin du jardin qui était sa retraite préférée et que, peu à peu, elle en était venue à considérer exclusivement comme sienne.

Un minuscule pavillon rustique s'y dressait, que personne, à sa connaissance, n'occupait jamais. Elle avait pris la précaution de faire accrocher son hamac derrière le pavillon et il était des plus improbable que quiconque pût l'apercevoir.

De fait, même lady Bassett n'était jamais venue la chercher là.

En atteignant son coin favori, elle ressortit le petit paquet de sa poche, parcourue par un frisson d'excitation.

Assise dans son hamac, sous les pins, elle l'ouvrit. Les rayons du soleil brûlant qui traversaient à l'oblique les sombres branchages au-dessus de sa tête étincelèrent sur les pierres précieuses et l'éblouirent lorsque le papier de soie lui échappa des mains.

Elle contemplait une vieille marquise de rubis sertis d'or finement ciselé. Son cœur battit d'un plaisir sans mélange. Elle glissa la bague à son doigt et la leva dans la lumière du soleil.

Les rubis brillaient d'un éclat profond – rouges, rouges comme le sang, ardents comme la flamme. Emerveillée, fascinée, elle ne les quittait pas des yeux.

Soudain, les paroles de Nick lui revinrent à l'esprit. Un message à l'intérieur! Son attention avait été si bien retenue par la splendeur des pierres qu'elle n'avait pas cherché plus loin. Les joues brûlantes, elle ôta la bague pour l'examiner de près.

Oui, le message s'y trouvait bien – trois mots gravés en minuscules caractères démodés à l'intérieur de l'anneau d'or.

Omnia Vincit Amor.

La bague à son doigt n'était plus seulement le signe visible de son engagement solennel.

C'était un gage d'amour... donné par un homme qui ne lui avait jamais murmuré un seul mot d'amour.

– Finalement, vous n'avez pas amené Nick. C'est gentil de votre part, dit Daisy Musgrave. Je voulais vous avoir pour moi seule.

Elle souriait à sa visiteuse qu'elle avait installée dans le fauteuil le plus confortable et dans le coin le plus agréable de son salon. Son joli visage respirait la cordialité.

Muriel se sentait déjà plus heureuse qu'elle ne l'avait été depuis des semaines. S'il lui avait fallu prendre sur elle pour venir, elle était contente de l'avoir fait.

– Si quelqu'un a montré de la gentillesse, c'est bien vous en m'invitant! rétorqua-t-elle. Même si je demeure persuadée que vous avez agi ainsi pour complaire à Nick.

– Vous vous trompez du tout au tout! s'insurgea Daisy. Il m'a parlé de vous, je ne le nie pas. Mais ensuite, si j'ai souhaité vous voir, c'est uniquement par désir égoïste de vous mieux connaître... Est-ce sa bague, que vous portez là? Ah! laissez-moi la regarder... Je crois l'avoir déjà vue. Non, ne la retirez pas! Cela porte malheur!

Mais Muriel l'avait déjà ôtée.

– Elle est magnifique, reconnut-elle avec chaleur. Savez-vous quelque chose à son sujet? On jurerait qu'elle a une histoire.

– En effet, répondit Daisy. Je m'en souviens maintenant. Nick me l'a montrée une fois, quand je séjournais chez son frère aîné, Jim, en Angleterre. Je connais bien les Ratcliffe. Nick a hérité cette bague d'une grand-tante vieille fille qui lui a laissé toute sa fortune. Elle lui avait dit de la garder pour la femme qu'il serait sûr d'aimer.

– Mais l'histoire de la bague? insista Muriel.

Daisy fronçait les sourcils en regardant l'inscription, mais elle était parfaitement consciente du rose qui avait envahi les joues de la jeune fille en entendant ses derniers mots.

– *Omnia Vincit Amor,* lut-elle lentement. C'est cela, n'est-ce pas? Ah oui! son histoire... Elle est plutôt triste, vous savez. Cela ne vous ennuie pas?

– Je suis habituée aux choses tristes, lui rappela Muriel, le visage tourné vers les montagnes.

Daisy lui serra la main avec douceur.

– C'est une bague d'origine française. Elle appartenait à un aristocrate guillotiné sous la Terreur. Sur les marches de l'échafaud, il l'a confiée au bourreau pour qu'il la remette à la jeune fille qu'il aimait. Je ne connais pas les noms des deux amants. Nick ne me les a pas dits. Mais je sais qu'elle, elle était anglaise.

– Et qu'est-elle devenue?

– Elle lui est restée fidèle six mois seulement, grommela Daisy, une note de dureté dans la voix. Puis elle a épousé un Anglais. On a beau prétendre que cela a été contre son gré, elle l'a bel et bien fait. Heureusement pour elle, sans doute, elle est morte dans l'année... en mettant au monde un enfant.

Daisy se leva brusquement et traversa la pièce.

– C'était il y a plus de cent ans, ajouta-t-elle. Mais les femmes sont encore aussi stupides de nos jours. Si elles ne peuvent épouser l'homme qu'elles aiment... elles se jettent à la tête de... du premier venu.

Muriel observa un silence prudent. Elle avait l'impression de s'aventurer en terrain miné, d'entrevoir un secret qui ne la concernait pas.

Mais dans l'instant qui suivit, Daisy revint s'asseoir auprès d'elle pour lui reglisser la bague au doigt.

– Pourtant, l'Amour l'emporte toujours, Muriel. Et votre histoire d'amour à vous sera heureuse.

– Vous en êtes sûre?

– Sûre et certaine.

Daisy souriait.

– Venez, dit-elle, que je vous montre mon bébé. Il est un peu maussade, le pauvre chou : il perce une dent. Le médecin affirme que son état général va s'améliorer, cependant il menace encore de nous envoyer tous deux en Angleterre.

– Et vous ne voulez pas partir? demanda Muriel.

Daisy secoua la tête.

– Je veux assister au retour de mon cousin Blake, dit-elle avec un détachement feint. Avez-vous entendu la rumeur? Il paraît qu'on doit le décorer. On devrait en faire autant à Nick, vous ne trouvez pas?

– Pas du tout. Nick n'a pas défendu le fort, lui. Il n'a rien fait. Du moins..., dit Muriel en trébuchant sur les mots. Du moins, rien dont il puisse être fier.

Daisy éclata de rire et se cacha la tête dans les mains.

– Si ce n'est sauver sa bien-aimée de la mort! s'exclama-t-elle. Est-ce que cela ne compte pas? Oh! Muriel, je sais exactement ce qui l'attire en vous!

Elle se détourna soudain avec une certaine tristesse dans le regard.

– Mon mari arrive la semaine prochaine, murmura-t-elle.

Ces quelques mots étaient lourds de sous-entendus.

La semaine qui suivit cette première visite marqua, pour Muriel, le début d'une graduelle renaissance à la vie. Les plus durs moments étaient maintenant passés.

Tous les jours, aux petites heures de l'aube, elle galopait à bride abattue en compagnie de Nick qui n'aurait toléré aucune dérobade à cet égard. Il n'apparaissait jamais au bungalow en dehors de ces visites avant l'aurore et Muriel passait la majeure partie de ses matinées – sinon de ses journées –, seule, étendue dans son providentiel hamac dissimulé sous les pins.

Même lady Bassett ne la dérangeait plus guère, trop occupée qu'elle était de courir les réunions mondaines.

La panique un peu puérile de Muriel concernant l'imminence de son mariage diminuait au rythme du rétablissement progressif de sa santé. Elle prenait en outre un vif plaisir à ses randonnées à cheval avec Nick et se sentait de jour en jour plus à l'aise en sa compagnie.

Nick, de son côté, rendait à Daisy Musgrave des visites quotidiennes au cours desquelles il s'imprégnait de sa sagesse féminine.

– Que ce soit avant ou après votre mariage, surtout ne précipitez rien, lui assurait Daisy. C'est une eau qui dort, Nick, et il vous appartient de l'éveiller avec une infinie douceur. Si elle ne vous aime pas encore, elle en est tout près. Ce n'est qu'avec de la patience que vous deviendrez maître de son cœur.

Nick savait qu'elle avait raison. Il savait aussi qu'il gagnait régulièrement du terrain, et cette certitude l'aidait bien davantage encore que tous les conseils de Daisy. La satisfaction de ses désirs exacerbés par l'attente se faisait de plus en plus proche, il n'en doutait pas.

Un peu plus d'une semaine les séparait du jour du mariage.

Il avait prévu leur départ pour le Népal aussitôt après la cérémonie. Il attendait beaucoup de ce voyage de noces et de l'intimité qui en résulterait.

Son sang s'échauffait rien que d'y penser. A nouveau seul avec elle au milieu des montagnes – mais en parfaite sécurité, cette fois –, entouré de la splendeur des neiges éternelles, c'est tout naturellement qu'elle répondrait, offerte et consentante, aux exigences de l'amour.

Le jour où le mari de Daisy arriva à Simla, Nick eut le bon goût de surseoir à son détour quotidien par leur bungalow : il n'ignorait pas combien Will serait désireux de rester quelques heures en tête à tête avec sa femme. Désœuvré, il envisagea donc de faire une entorse à la règle de conduite qu'il s'était fixée et de rendre une visite surprise à sa fiancée.

Mais un petit problème de dernière minute vint contrarier son projet – problème mineur qu'il devait pourtant considérer par la suite comme l'œuvre du diable en personne.

Obligé de demeurer chez lui, il décida de profiter au mieux de cet empêchement pour mettre de l'ordre dans sa correspondance en retard. Si seulement il avait pu se douter du coup qui, à ce moment précis, allait frapper au cœur la jeune fille qu'il aimait !

Muriel était allongée dans son hamac sous les pins, un livre qu'elle ne songeait même pas à ouvrir sur les genoux. Tout était d'un calme parfait et elle avait sommeil. La joue sur la main, elle flotta bientôt dans une douce somnolence.

Son réveil fut brutal. Des voix, ponctuées par le tintement de tasses de thé, se faisaient entendre à quelques pas de là.

De toute évidence, lady Bassett avait des invités ! Muriel fronça les sourcils : à moins de se montrer, elle se trouvait prisonnière de son coin favori.

Il ne lui fallut pas longtemps pour décider qu'elle

n'avait nul désir de faire plus ample connaissance avec les propriétaires de ces voix. L'une d'elles était une voix d'homme, lourde et pompeuse; l'autre, une voix de femme, aiguë et geignarde tout à la fois.

Elle ouvrit son livre avec un sentiment de colère somme toute injustifié.

Mais la voix aiguë la transperça bientôt, s'insinuant dans sa conscience, éparpillant ses pensées avec une geignarde et grossière insistance.

– Bien sûr, affirmait la voix, c'était pour lui la seule chose à faire. Aucun homme d'honneur n'aurait pu agir autrement. Mais cela a dû lui en coûter. Vous êtes bien d'accord avec moi sur ce point?

– Tout à fait, répondit la voix douce et précise de lady Bassett. Il s'est conduit avec la plus grande générosité. Il devait se sentir obligé de demander la pauvre enfant en mariage puisque son père la lui avait confiée. Elle n'est absolument pas mûre et à cent lieues de mesurer la gravité de sa situation. A vrai dire, je ne m'attendais guère à ce qu'elle accepte : la raison qui motive ce mariage précipité semble lui échapper, et Dieu me garde d'avoir à le lui expliquer! Car il est tout à fait évident qu'elle n'éprouve aucun penchant... physique à l'égard de ce garçon. La pauvre enfant n'est guère en âge de connaître la véritable signification de l'amour. C'est bien triste pour tous les deux.

Un léger sourire acheva la phrase. Le livre de Muriel lui avait glissé des mains et était tombé sur un petit tas d'aiguilles de pin. Dressée dans le hamac, elle fixait les sculptures rustiques du petit pavillon comme si elle avait vu un serpent s'y lover.

Suivit un bref silence. Puis la voix geignarde se fit à nouveau entendre :

– Oh! le pauvre Nick... Je ne peux l'imaginer marié, définitivement « rangé ». Il a toujours été si déluré! Tenez, regardez-le avec Daisy Musgrave! Je sais pertinemment qu'il va la voir tous les jours et qu'elle refuse de recevoir qui que ce soit d'autre. Je trouve d'ailleurs cela parfaitement scandaleux!

– Ma chère! Ma chère! eut la bonté de s'insurger lady Bassett. Pas rigoureusement tous les jours, quand même!

– Je vous assure que je n'exagère rien! Je tiens le renseignement de Mrs Gybbon-Smythe, qui ne parle jamais à la légère.

Le doux cliquetis des tasses de thé ne tarda pas à être couvert par les accents doucereux de lady Bassett. Rien qu'à l'entendre on pouvait deviner son sourire :

– Tout ce que je puis ajouter, c'est que j'ai été soulagée à un point que vous ne soupçonnez pas quand j'ai su que le capitaine Ratcliffe avait décidé d'en faire une question d'honneur et d'épouser la chère Muriel. Mais je dois avouer que je ne peux qu'éprouver de la pitié dans un cas comme celui-ci.

– En vérité, lady Bassett, cette preuve de sensibilité bien féminine est toute à votre honneur!

– Vous êtes bien trop gentil! murmura lady Bassett. Un peu de thé? Non?... Mais vous n'envisagez tout de même pas de me quitter déjà?

– Hélas! il le faut bien, répondit la voix aiguë qu'accompagnèrent les bruits d'un départ général.

Mais sur le sol humide, le visage enfoui dans les aiguilles de pin, une jeune fille resta longtemps étendue, pleurant la ruine de ses projets d'avenir.

L'accès de courage épistolaire de Nick s'évanouit

au bout de la troisième lettre et il quitta sa table avec l'impression d'avoir perdu son après-midi.

Il s'aperçut en outre qu'il avait soif et, tout en buvant un verre de thé glacé, se demanda s'il n'irait finalement pas faire un tour chez les Musgrave. Après tout, Will et lui étaient d'anciens camarades de collège, ce qui autorisait certaines privautés.

Il venait de décider d'en courir le risque lorsqu'on lui apporta précisément un mot de Will.

Cher vieux Nick,

Depuis l'instant où j'ai appris ton vaillant retour des griffes de la mort, je brûle de te serrer la main. Bravo, mon vieux! si toutefois tu veux bien accepter ces félicitations à retardement.

Voudrais-tu venir dîner avec nous? Bien que nous ne soyons, Daisy et moi, de fort joyeuse compagnie, nous désirons tous deux te voir. Le médecin vient d'ordonner à Daisy de rejoindre la mère patrie avec le petit.

Bien à toi,
Will.

Nick ne se dissimulait pas la tragédie que cette décision des médecins allait représenter pour ses amis, car il savait que Will ne pourrait accompagner sa femme en Angleterre. Et une pensée lui traversa bientôt l'esprit : quelle serait sa réaction s'il lui arrivait de devoir se séparer ainsi de Muriel?

Maintenant qu'elle était enfin sienne, il ne pourrait jamais la laisser partir.

Empoignant un calendrier sur son secrétaire, il cocha un jour de plus. Il n'en restait que six avant son mariage. Il les recompta avec une joie presque sauvage.

Lorsqu'il sortit pour se rendre à l'invitation des

Musgrave, son exaltation était telle que c'est à peine s'il foulait le sol. Mais il n'avait guère parcouru plus d'une vingtaine de mètres au delà de sa barrière qu'un des serviteurs de lady Bassett, venant à sa rencontre, lui remit un pli.

Il devina aussitôt que Muriel en était l'expéditrice et le sang lui monta à la tête. Ses tempes battaient lorsqu'il l'ouvrit. C'était la première fois qu'elle lui écrivait.

Il faut que je vous voie sans délai.
M.

C'était tout. Il renvoya l'indigène et, rentrant chez lui, écrivit un mot à Will Musgrave pour l'avertir qu'il serait en retard. Puis il se redressa, tendu. Quelque chose était arrivé. Il en était sûr.

Plusieurs minutes s'écoulèrent avant qu'il ne bouge. Mais soudain, baissant les yeux, il vit le message de Muriel dans sa main crispée et le porta à ses lèvres avec emportement.

Puisqu'elle le désirait, il irait la voir sans délai. Et, quel que soit le sujet de son trouble, il trouverait le moyen de la rasséréner.

Pour la première fois qu'elle faisait appel à lui, il n'allait tout de même pas la faire attendre!

Le salon était vide lorsqu'il y pénétra, et les fenêtres grandes ouvertes sur la nuit.

Entendant un léger bruit de pas, il regarda au fond de la pièce. Muriel était entrée et refermait la porte derrière elle. Immédiatement, il l'imagina malade, tant son grand deuil et sa lourde chevelure noire accentuaient sa pâleur. Mais, tandis qu'elle s'avançait, il se rassura : il se faisait tard, elle devait être fatiguée, sans plus.

D'un seul élan, il s'approcha d'elle et lui saisit les mains. Mais elles demeurèrent froides et molles entre les siennes. Et, avec un imperceptible geste de lassitude, elle se libéra et s'assit.

Nick resta debout, attendant, angoissé, qu'elle l'éclairât.

Cela prit du temps.

– Je ne voudrais pas que vous soyez vexé, Nick, commença-t-elle d'une toute petite voix.

Il eut un geste brusque.

– Ma chère petite, ne soyez pas stupide. Que se passe-t-il? Racontez-moi tout pour que nous puissions tirer cette affaire au clair.

Son ton était rassurant. Elle leva les yeux vers lui avec davantage de confiance.

– Oui, je suis stupide, reconnut-elle. Je suis parfaitement idiote de m'être imaginé pendant un moment que cela vous atteindrait... J'ai beaucoup réfléchi, Nick, et... et je suis parvenue à la conclusion que je ne pouvais pas vous épouser. J'espère que vous n'y verrez pas d'inconvénient, bien sûr, dit-elle avec un pauvre petit rire affecté. Oh! je sais bien que vous vous sentirez obligé de prétendre le contraire. Mais vous n'avez rien besoin de prétendre. Je connais vos véritables sentiments, Nick. Je sais vers qui ils vous portent et je vous comprends. Simplement, je me suis dit qu'il était... euh... normal de vous prévenir immédiatement.

– Merci! répondit Nick avec dans la voix comme le claquement d'un ressort qu'on détend.

Elle vit ses poings se serrer en même temps qu'il parlait et, saisie par un sentiment de danger imminent, se leva d'un bond. Elle n'eût pas été plus terrifiée si un tigre avait sauté par la fenêtre.

Nick ne fit qu'un seul pas dans sa direction et cela

suffit pour qu'elle s'arrêtât, comme frappée d'impuissance. Il avait ce même visage qu'elle avait une fois vu penché sur un homme à l'agonie – convulsé par la passion, sauvage, implacable... le visage d'un démon.

– Nick, murmura-t-elle, reculant, en proie à une terreur insurmontable. Nick, êtes-vous... devenu fou ?

Il lui répondit d'un ton saccadé, avec une sorte d'étranglement dans la voix qui évoquait le grondement d'un fauve.

– Oui, je suis fou. Et si vous essayez de m'échapper maintenant, je suis incapable de répondre de moi.

Elle écarquilla les yeux.

– Mais..., balbutia-t-elle, je... je ne comprends pas. Oh! Nick, vous m'effrayez...

Ce cri de désarroi le blessa plus profondément qu'un reproche ou une protestation.

Il se détourna d'elle avec une exclamation rauque, mi-sanglot mi-grondement, et enfouit son visage dans ses mains.

Pendant quelques secondes, il demeura ainsi, immobile, incapable de respirer. Et Muriel, appuyée au manteau de la cheminée, le regardait, le cœur battant.

Brusquement, il traversa le salon pour aller se planter devant une des fenêtres grandes ouvertes.

Du fond du jardin paisible parvenaient les accents du *Beau Danube bleu*, capricieux, langoureux, enjôleurs – air de valse au rythme duquel d'innombrables amants avaient dansé, flirté, s'étaient murmuré des mots d'amour.

Le léger bruit de la fenêtre qu'il refermait la fit

sursauter. Et son cœur se mit à battre la chamade lorsqu'il s'avança vers elle. Elle essaya de lire ses intentions sur son visage mais elle n'arrivait même pas à le voir. Ses yeux étaient noyés de brume. Et ses membres sans force pesaient leur poids de plomb.

De toutes les fibres de son être, elle le sentait approcher et, éperdue devant sa propre impuissance, elle ne pouvait qu'attendre qu'il la rejoigne tandis que refluait en elle toute l'horreur éprouvée la nuit où il l'avait droguée.

Elle le voyait tel qu'elle l'avait vu alors : monstrueux, silencieux, terrible – homme à la force surhumaine dont la maîtrise de soi la pétrifiait.

Une fois de plus, dans un mouvement de panique, elle tenta de s'écarter de lui... pour découvrir qu'il l'entourait de ses bras, qu'il la soutenait, et que la voix qui l'avait naguère calmée dans ses moments de délire les plus insensés lui parlait doucement à l'oreille.

– Les lutins sont tous partis, mon pauvre petit chou, l'entendit-elle murmurer. N'ayez pas peur.

Il la conduisit vers un sofa, la fit asseoir et caressa ses joues glacées.

Levant les yeux, elle reconnut l'ancienne expression joviale, presque moqueuse, sur son visage. Et, lorsque leurs regards se croisèrent, il lui adressa un clin d'œil.

– Examinons la vérité en face, dit-il. Vous en avez assez de moi, hein?

– J'en ai assez de... de tout, dit-elle avec un petit tremblement dans la voix. J'aimerais... j'aimerais que vous m'ayez laissée mourir.

– C'est donc cela, votre terrible grief? demanda Nick en s'asseyant sur l'accoudoir du sofa. Vous m'en voulez de vous avoir sauvé la vie? Si je pouvais vous expliquer pourquoi cela vous tourmente, je le ferais bien volontiers. Mais c'est impossible : vous êtes jeune comme l'oisillon qui vient d'éclore, n'est-ce pas, ma petite fille? et presque aussi aisément terrifiée. Depuis quand tenez-vous ainsi rancune à votre vieil ami?

Le ton gentiment railleur de Nick ne l'abusa pas un instant, ne l'incita pas à imaginer qu'elle pourrait badiner avec lui – elle n'était d'ailleurs pas accoutumée au badinage. Et elle répondit avec une sorte d'ardeur indignée qui semblait être née d'elle-même, quoi qu'elle en eût.

– Je ne vous tiens pas rancune. Jamais je ne l'ai fait. Je ne suis pas bête à ce point-là. Ce n'est pas cela du tout.

– Et vous n'en avez pas non plus assez de moi? s'enquit Nick.

– Non, fit-elle d'un ton buté.

– Si je devais mourir demain – on ne sait jamais, Muriel –, seriez-vous un peu triste?

Sans qu'elle en comprenne bien la raison, cette dernière question l'irrita.

– Pourquoi me demandez-vous cela? Evidemment, je serais triste.

Nick se mit à résumer la situation point par point :

– Primo, vous n'en avez pas assez de moi – bien que je constate que je vous ennuie atrocement, mais supportez-le encore un peu, j'en ai presque terminé –; secundo, vous verseriez un nombre de larmes tout à fait respectable s'il m'advenait de mourir jeune... Eh oui! je suis jeune, même si je suis laid comme un pou. Cette laideur, est-ce la raison pour laquelle vous ne voulez pas m'épouser?

Il avait posé la question avec une soudaineté déconcertante.

– Non, répondit-elle au bout d'un moment. Cela n'a rien à voir.

– Etes-vous tout à fait sûre qu'il existe bel et bien une raison? demanda-t-il avec un petit rire.

Elle rougit.

– Oui, bien sûr. Mais... je préférerais ne pas vous la dire.

– D'accord, dit Nick. Je suppose que cela aussi vous paraît « normal ».

Muriel rougit davantage.

– Si vous souhaitez vraiment le savoir, je vous le dirai, maugréa-t-elle. Mais je préférerais n'en rien faire.

Nick eut un geste désinvolte.

– Je suis au courant. Inutile de me l'avouer. C'est clair comme le jour. En revanche, laissez-*moi* vous le dire. Il s'agit de votre pauvre petit orgueil personnel. Je sais... oui, je sais. On vous a jeté de la boue à la figure et elle y est restée collée. Maintenant, vous préféreriez mourir plutôt que de m'épouser, n'est-il pas vrai? Mais que ferez-vous si je refuse de vous rendre votre liberté?

– Vous... vous ne feriez pas cela, Nick! Vous ne pourriez pas! Vous n'en avez pas... pas le droit.

– Ah non? rétorqua Nick avec un étrange sourire. Je croyais pourtant bien l'avoir.

Une petite flamme bizarre scintilla un instant au fond de ses yeux, tel un esprit malin, et disparut.

– Je croyais pourtant bien l'avoir, répéta-t-il sur un ton différent. Mais nous ne nous querellons point à ce sujet. Faites-moi part de vos intentions.

La réponse de Muriel fut d'une véhémence à laquelle il ne s'attendait sans doute guère.

– Oh! je veux partir. Partir au plus vite. Je veux retourner en Angleterre. Je... j'exècre cet endroit.

– Et tous ceux qui s'y trouvent? suggéra Nick.

– Presque, répondit Muriel avec une nuance de défi.

– La seule exception étant Mrs Musgrave, acquiesça-t-il. Au fait, savez-vous que Mrs Musgrave retourne, elle aussi, en Angleterre? Voudriez-vous partir avec elle?

Elle le dévisagea, le cœur plein d'un soudain espoir.

Nick se pencha tout à coup et lui prit la main. La lumière étincelait sur la bague qu'il lui avait donnée, et il la déplaça d'avant en arrière sur le doigt de la jeune fille.

– Je vais vous demander de la reprendre, dit-elle.

Il ne releva pas les yeux.

– Et je vais refuser, répondit-il aussitôt. Je ne prétends pas que vous deviez la porter. Mais il vous faut la garder, non comme un lien, mais en souvenir d'une promesse que vous allez me faire.

– Une promesse..., balbutia-t-elle.

Il ne relevait toujours pas les yeux. Paupières mi-closes, il regardait les pierres.

– Oui, dit-il au bout d'un moment. Je vais vous laisser partir à la seule condition que vous me fassiez cette promesse.

– De quoi s'agit-il? murmura-t-elle, tremblant un peu.

– Vous allez sans doute rire. Mais si vous êtes capable de rire, la promesse ne vous coûtera guère. Je veux votre parole d'honneur que, si jamais vous changez d'avis, si vous voulez un jour m'épouser, vous viendrez me le dire comme une femme courageuse.

Elle eut un mouvement de recul involontaire.

– Oh non, Nick! Comment pourrais-je vous promettre une chose pareille? D'ailleurs, vous savez très bien que je ne changerai jamais d'avis.

– Vous préférez donc m'épouser immédiatement? demanda-t-il.

Il sembla tout à coup à Muriel que c'était l'alternative à laquelle il voulait la contraindre. Elle se leva, terrorisée, et il se redressa à son tour, gardant sa main dans la sienne. Son visage ressemblait à un bloc de granit jaune.

– Faut-il... faut-il que ce soit l'un ou l'autre? haleta-t-elle.

Il la toisa en battant des paupières.

– Je croyais avoir su me faire comprendre, insista-t-il.

– Très bien, répondit-elle faiblement. Je promets. Mais... mais je ne changerai jamais d'avis, Nick. Jamais... Jamais!

– Vous avez dit votre texte, fit-il d'une voix sourde. Maintenant, écoutez-moi dire le mien : je vous jure, devant Dieu, que je ne vous épouserai jamais à moins que vous ne veniez me le demander.

Pivotant sur ses talons, Nick se dirigea vers la porte et sortit.

Pour le meilleur ou pour le pire, il venait de la quitter... et ne reviendrait pas.

3

– Et voilà! dit Daisy en s'écartant de la table pour mieux admirer son ouvrage. Il se peut que je sois d'une puérilité désolante, mais si Blake ne remarque pas mon chef-d'œuvre, je vais être tentée de le flanquer dehors et de le laisser passer la nuit sur le perron.

Recroquevillée sur la banquette, près de la fenêtre, Muriel se perdait dans la contemplation de la campagne anglaise.

– J'avais oublié qu'il pouvait neiger aussi fort, remarqua-t-elle avant de se tourner vers Daisy avec un petit rire de gorge.

Le chef-d'œuvre en question était une énorme banderole du plus beau rouge sur laquelle elle avait brodé en lettres blanches « BIENVENUE AU HÉROS ».

– Il ne m'était jamais venu à l'esprit que Blake puisse se conduire en héros, murmura Daisy. Il est si timide, si doux, si réservé... Mais à l'heure qu'il est, il devrait déjà être arrivé. Allons vite accrocher mon œuvre d'art dans l'entrée.

Elle glissa son bras sous celui de Muriel et, la sentant trembler, lui jeta un regard scrutateur.

– Cela va être merveilleux de le revoir, non? sourit-elle.

– Si, balbutia Muriel.

Les temps heureux où la paix régnait autour de Fort Wara, l'époque bénie où elle avait connu le capitaine Grange – n'avait-elle pas été jusqu'à tomber vaguement amoureuse de lui? –, tout cela lui semblait bien lointain. Tant d'événements tragiques avaient eu lieu depuis! Cela faisait huit mois qu'elle avait fui le fort dans d'effroyables conditions – huit mois qui lui semblaient compter pour plus de huit années – et toute cette horreur sans cesse ressassée possédait toujours le pouvoir de lui glacer le sang.

Même Daisy ne parvenait que rarement à faire sortir Muriel de l'isolement où elle se complaisait. Amies intimes, leur amitié reposait surtout sur ce qu'elles ne s'avouaient pas l'une à l'autre.

De caractère expansif et chaleureux, Daisy n'en cultivait pas moins elle aussi un jardin secret – si secret qu'elle n'y pénétrait elle-même jamais, sauf à la dérobée.

– Il va sûrement être frigorifié, le pauvre! s'apitoya-t-elle. J'espère que Jim Ratcliffe n'aura pas oublié d'envoyer l'automobile le chercher à la gare comme il l'avait promis.

– Je parierais que Jim Ratcliffe n'oublie jamais rien, décréta Muriel.

Daisy eut un petit rire perlé.

– Oui, on peut compter sur lui. Il est solide comme le roc. Un tantinet despotique, peut-être, mais tous les médecins le sont. Pour ma part, j'ai un peu peur du Dr Ratcliffe, et le malheur veut qu'il le sache. Avez-vous remarqué comme je suis docile en sa présence? J'éprouve toujours le sentiment qu'il faudrait que je lui confesse tous mes péchés. Je donnerais d'ailleurs n'importe quoi pour avoir son avis sur certains d'entre eux. Je pense que cela me ferait un bien fou.

– Alors pourquoi ne pas le lui demander?

– Pour la raison sus-mentionnée : une timidité maladive.

Sur quoi Daisy s'interrompit pour chantonner

quelques mesures d'un refrain à la mode avant de continuer :

– Je connais la famille Ratcliffe depuis mes fiançailles avec Will. Jim Ratcliffe – qui doit bien avoir une bonne quinzaine d'années de plus que Nick, son frère cadet, et qui en diffère autant que le jour diffère de la nuit –, Jim Ratcliffe, donc, était le tuteur de Will, et il a toujours été très bon pour lui. Will a trouvé chez eux un véritable foyer. Nick et lui se sont toujours entendus comme larrons en foire. Et j'incline à penser que ces deux chenapans ont donné pas mal de fil à retordre au sérieux Dr Jim.

Chaque fois qu'il était fait allusion à Nick, Muriel était frappée de mutisme et tournait les talons.

Ayant suspendu son message de bienvenue en évidence, Daisy rejoignit la jeune fille en face du feu de bois. Elle était très rouge et ses yeux brillaient. Muriel ne l'avait jamais vue si heureuse.

– Vous êtes bien excitée, dit-elle.

Daisy porta une main à sa joue brûlante.

– Oui, c'est absurde, n'est-ce pas? J'espère que Jim n'accompagnera pas Blake, sinon il en sera fâché. Mais je n'y peux rien. Blake et moi avons toujours été très proches et je suis folle de joie de le revoir après tout ce temps. Chut! Je suis sûre d'avoir entendu quelque chose!

Des pas approchaient en effet de la porte. Daisy bondit pour aller ouvrir. Mais ce n'était que le courrier du soir et elle revint, déçue, une enveloppe à la main.

– C'est une lettre de Will, soupira-t-elle. Il ne doit rien m'écrire de bien intéressant.

Elle la glissa dans son corsage et se laissa tomber sur son siège pour se remettre à tendre l'oreille.

– Est-ce qu'il aurait raté son train? Ah non! Cette fois, je reconnais le klaxon et... oui! la voix de Jim Ratcliffe!

En un rien de temps, elle ouvrit la porte et, dehors sur les marches, se mit à héler son invité.

Muriel se recroquevilla encore un peu plus au coin du feu. L'épreuve s'annonçait plus pénible qu'elle ne l'avait imaginé.

Un tourbillon de vent glacé s'engouffra par la porte grande ouverte et elle entendit la voix rude du Dr Ratcliffe ordonner à Daisy de rentrer à la maison. Puis une autre voix se fit entendre, douce, au timbre caressant, et pendant un instant Muriel enfouit son visage dans ses mains, écrasée par le poids du souvenir.

Lorsqu'elle releva les yeux, ils pénétraient ensemble dans l'entrée. Rayonnante, un peu haletante, Daisy ne cessait de poser des questions. Quant à Blake, grand, droit, toujours aussi beau, il affichait une allure martiale et arborait l'éternel sourire, timide et un peu fat, qu'elle se rappelait si bien.

Il ne la vit pas tout de suite et elle resta debout, hésitante, jusqu'à ce que Daisy, accrochée au bras de son cousin, se décidât à l'appeler :

– Muriel, pourquoi vous cachez-vous? Regardez, Blake! C'est Muriel Roscoe! Est-ce que vous saviez que nous habitions ensemble?

Il s'avança vers elle, les deux mains tendues.

– Pardonnez-moi! lui dit-il alors avec son plus cordial sourire. J'imagine que vous devinez à quel point je suis heureux de vous revoir!

Ses yeux brillaient et il lui serra les mains si fort que cela lui réchauffa le cœur. Mais elle ne put articuler un mot et Blake, comprenant son trouble, se tourna vers Daisy.

– Le Dr Ratcliffe m'a dit que vous l'aviez envoyé me chercher à la gare, dit-il. Je vous en suis extrêmement reconnaissant à tous deux.

Cependant, Daisy accueillait le docteur avec un soupçon de malice.

– J'étais sûre que vous viendriez, dit-elle en riant. Vous ne me faites jamais confiance pour ce qui est de m'occuper de moi, n'est-ce pas?

Jim Ratcliffe passa sa main sur la robe de la jeune femme pour en retirer quelques flocons de neige.

– Votre comportement me prouve que j'ai raison, gronda-t-il. Depuis que vous m'avez été confiée par Will, j'ai le plus grand mal à assumer mes responsabilités. Qu'est-ce qui vous a pris de sortir vous exposer à ce vent de nord-est qui en achèverait de plus solides que vous?

Ses sourcils froncés se rejoignaient pour former un trait noir au-dessus de son nez. Mais en dépit de ce qu'elle avait avoué quelques minutes auparavant, Daisy se contenta de lui répondre par une grimace.

On le jugeait d'ordinaire quelque peu terrifiant, ce médecin bourru. Et Daisy avait raison : avec sa forte carrure, ses cheveux d'un gris métallique, sa moustache et ses sourcils noirs et son regard critique, il était fort différent de Nick. Pourtant, lorsqu'un sourire estompait la rudesse de ses traits, on eût dit un rayon de soleil venant égayer un jour de grisaille, affirmaient à qui mieux mieux les matrones du village.

La joyeuse effronterie de Daisy ne parvint néanmoins pas à le dérider ce soir-là.

– Vous n'avez pas le droit de prendre des risques, insista-t-il. Comment va le petit?

Daisy s'assagit immédiatement.

– Ses dents l'ont pas mal tracassé aujourd'hui.

L'*ayah* est avec lui. Je l'ai laissée lui chanter des berceuses pour l'endormir. Voulez-vous monter le voir ?

Jim Ratcliffe acquiesça sans un mot. Il n'avait pas atteint le palier que Muriel, plus vive que d'habitude, le dépassa.

– Laissez-moi vous accompagner, docteur, murmura-t-elle.

Il posa sans façon sa main sur le bras de la jeune fille.

– Miss Roscoe, j'ai à vous transmettre un message de la part de mon incorrigible petite Olga. Elle voudrait que vous acceptiez de jouer dans son équipe de hockey samedi prochain. J'ai promis d'user auprès de vous de toute mon influence – si tant est que j'en aie.

– Oh! j'en serais bien incapable, balbutia Muriel avec une consternation tragi-comique. Je n'ai pas joué depuis une éternité... depuis le collège, en fait. Et d'ailleurs...

– Quel âge avez-vous ? - l'interrompit-il.

– Presque vingt ans, mais...

Il lui empoigna brusquement l'épaule.

– Je ne vous appellerai plus jamais miss Roscoe : vous avez joui de mon respect à tort, et vous l'avez à jamais perdu. Ecoutez-moi, Muriel, dit-il en souriant, cela fait longtemps que je veux vous donner des conseils – les conseils d'un médecin. Maintenant, vous allez accepter les conseils d'un ami. Vous allez entrer dans l'équipe de hockey d'Olga. Allons! vous ne pouvez tout de même pas refuser ça à un ami!

Muriel mourait d'envie d'accepter mais se serait fait tuer plutôt que de l'avouer.

– C'est très gentil de la part de votre fille d'avoir

pensé à moi, articula-t-elle. Mais je ne serais bonne à rien. Je me fatigue si vite! Je crois que je serai fatiguée jusqu'à la fin de mes jours.

– Balivernes! rétorqua-t-il sèchement. Ce n'est pas cela qui cloche chez vous. Sortez donc au grand air! Sortez dans le vent de nord-est et balayez la neige! Voulez-vous que je vous dise ce qui ne va pas? Vous êtes ankylosée par l'inaction. Dorénavant, je vous prends en main. Et si je ne vous vois pas sur le terrain de hockey samedi, je vous fiche mon billet que je viendrai vous chercher par la peau du cou.

Le Dr Ratcliffe avait beau être fort différent de Nick, Muriel sut tout de suite – avec autant de certitude que si Nick lui-même avait parlé – qu'il tiendrait bel et bien sa promesse.

– Et maintenant, dit Daisy avec entrain, il ne vous reste plus à tous deux qu'à vous tenir mutuellement compagnie, car je m'en vais veiller mon fils pendant que l'*ayah* se repose.

Assise dans un fauteuil bas, devant le feu, Muriel tricotait de minuscules chaussons de laine.

Daisy sortit d'un pas léger et Blake Grange resta planté près du foyer, visiblement mal à l'aise.

– J'imagine... euh... que vous avez entendu parler de la blessure de Nick, miss Roscoe? finit-il par dire avec effort.

Les mains de Muriel se haussèrent soudain et retombèrent sur ses genoux.

– Nick Ratcliffe! Blessé? Quand ça? Comment? Personne ne m'en a jamais soufflé mot!

Il prit l'air gêné de qui se rend compte qu'il vient de gaffer.

– Je... je vous croyais au courant, bafouilla-t-il.

Daisy ne le savait donc pas? Il a quitté Simla aussitôt après votre départ pour aller se faire affecter à l'expédition punitive envoyée dans la région de Fort Wara. J'étais moi-même à l'hôpital, à l'époque, je ne l'ai donc pas vu. Mais on affirme qu'il s'est battu comme un lion. Tout le monde pensait qu'il serait cité à l'ordre du régiment et décoré, mais il paraît qu'il aurait refusé.

– Et... il a été blessé, dites-vous?

Tout observateur inexpérimenté qu'il fût, Grange n'avait jamais vu expression plus tragique dans les yeux d'une femme.

– Il a reçu un coup d'épée au bras tout à la fin de la campagne, répondit-il avec quelque réticence. D'après ce que m'a dit son frère, ce soir, son état semblerait s'améliorer.

Muriel se raidit sur son siège. Elle éprouvait un étrange désir d'en savoir davantage et une répugnance non moins étrange à poser des questions.

– Dites-moi, miss Roscoe, lâcha Grange tout à trac, aborder ce genre de sujet vous est-il très pénible... intolérable, même?

Elle fut surprise de lire une certaine émotion sur son visage. Et elle se souvint de la façon dont elle avait été peu ou prou amoureuse de lui en ce temps lointain où elle coulait des jours heureux à Fort Wara sous la protection de son père.

– Non, dit-elle au bout d'un moment avec une franchise absolue. Bien sûr, je ne le supporte pas avec... avec la plupart des gens. Mais je ne pense pas que ce soit le cas avec vous.

– Merci, répondit-il simplement. Miss Roscoe, j'ai rapporté quelques objets que vous aimerez sans doute conserver – des objets qui appartenaient à votre père. Souhaitez-vous que j'aille les chercher?

Elle s'était dressée pendant qu'il posait la question.

– Oh oui! je vous en prie! haleta-t-elle. Cela a été... un tel chagrin pour moi de... de n'avoir aucun souvenir de lui...

Il se dirigea immédiatement vers la porte. Quand il revint, il la surprit, prostrée, le visage dans les mains, et recula, hésitant. Mais, soudain consciente de sa présence, elle se leva d'un bond, les yeux secs, et se précipita vers lui, mains tendues. Il y déposa de pauvres babioles, mais qui pour la jeune fille valaient tout l'or du monde : un étui à cigarettes et une boîte d'allumettes en argent, un petit canif, un vieux livre de prières à la tranche cornée.

Posant le reste sur la table, elle garda le petit livre si souvent feuilleté que son père emportait dans toutes ses campagnes. Elle savait qu'il chérissait ce cadeau de sa femme.

Il s'ouvrit de lui-même à la page de l'office des morts, marquée par un brin de bruyère blanche. Quelques mots, de la main de son père, y avaient été tracés dans la marge.

L'écriture en était si fine qu'elle dut porter le livre à la lumière. Les mots étincelèrent alors comme s'ils avaient été marqués en lettres de feu sur le papier jauni.

Omnia Vincit Amor. Voilà ce que son père adoré avait noté. Et derrière le cri d'amour du veuf inconsolable, une autre voix s'élevait, clamant elle aussi son inextinguible passion.

Omnia Vincit Amor. Ces mots la traversèrent comme une décharge électrique. A nouveau c'était comme si les longs doigts maigres, presque décharnés, enserraient les siens et y faisaient lentement glisser, d'avant en arrière, une bague ancienne rutilant de tous les feux sanglants de ses somptueux rubis. A nouveau... Mais non! Elle ne le supporterait pas! Elle ne le tolérerait plus! Elle était libre!

Que l'amour l'emportât sur toutes choses pouvait bien être exact. Mais qu'est-ce que cette attirance étrange, incompréhensible, avait à voir avec l'amour? L'amour était chose pure et sacrée, lien impérissable.

De plus, l'amour bannissait tout sentiment de crainte. Or, elle... elle était malade de peur chaque fois qu'il lui fallait affronter ce sombre souvenir qui la hantait.

Elle sursauta en découvrant soudain qu'elle n'était pas seule. Blake Grange lui parlait avec une douceur apaisante.

– Ne soyez pas si triste, insistait-il d'une voix légèrement rauque. Vous n'êtes pas seule au monde. Je sais ce que vous éprouvez. Je suis moi-même passé par là. Mais on finit par s'en tirer.

Les mots de Blake la réconfortaient. Elle fut cependant surprise de lui voir les larmes aux yeux. Et elle se demanda vaguement si c'était bien elle qui les lui faisait verser.

– Oui, dit-elle après un silence. On s'en tire, d'une certaine façon. On s'habitue à avoir le cœur vide. On en arrive à renoncer à guetter les mots que l'on n'entendra jamais, jamais plus.

– Jamais est un mot lugubre, dit Grange. J'espère que vous me considérerez toujours comme votre ami.

Elle leva vers lui des yeux brillants de gratitude.

– Merci, dit-elle. Oui, toujours.

– Vous savez, il est un reproche que je ne cesse

de me faire, dit-il avec une certaine maladresse. C'est de n'avoir pas su, aux yeux de votre père, me montrer digne de vous servir d'escorte lorsque vous vous êtes échappée de Fort Wara. J'aurais pu être votre garde du corps. J'aurais même *dû* l'être. Mais je... je n'étais pas prêt, le cas échéant, à en payer le prix.

– Je n'ai jamais très bien compris pourquoi Nick avait été choisi pour me protéger, murmura-t-elle. J'aurais tellement souhaité que ce fût vous.

– Ç'aurait dû l'être, dit Grange avec émotion. Et j'en traînerai le regret toute ma vie. Mais Nick est meilleur combattant que moi. Il sait garder la tête froide. De plus, c'est un sauvage à bien des égards. Moi, je... je n'étais précisément pas assez sauvage.

Il eut un petit sourire, comme pour présenter des excuses.

Muriel avait réprimé un frisson en entendant ses derniers mots.

– Je ne comprends toujours pas, répéta-t-elle.

– C'est... c'est difficile de vous expliquer ça, répondit-il avec réticence et après avoir beaucoup hésité. Vous comprenez, l'homme qui vous prenait en charge devait être prêt à... euh... à tout. Vous savez jusqu'où va la bestialité des membres de cette tribu d'insurgés. Seul Ratcliffe était prêt... au pire.

Il se tut. Pas un instant les yeux de Muriel ne s'étaient détachés des siens. Elle écoutait son explication comme s'il se fût agi de la vie d'une autre.

– Ai-je été assez clair? demanda-t-il comme elle demeurait silencieuse.

– Voulez-vous dire qu'il devait me tuer si les choses tournaient mal? répliqua-t-elle de sa voix grave et tranquille.

Il acquiesça.

– Ç'aurait été indispensable. Cependant, Nick aurait d'abord tenté l'impossible pour vous sauver.

Elle eut un soudain mouvement de recul et se recroquevilla sur elle-même.

– Oh! je sais! je sais! frissonna-t-elle.

Elle se tint coite un instant avant de reprendre, plus calme :

– Nick vous a-t-il jamais parlé de moi?

– Non, jamais, répondit Grange.

– Alors, je vous en prie, capitaine Grange, dit-elle en se levant et en le regardant en face, ne me reparlez jamais de lui. Je... je veux l'oublier.

– Je me rappellerai votre désir, miss Roscoe, dit-il. Je regrette d'avoir ainsi abordé un sujet douloureux. Mais je suis content que vous sachiez la vérité. Vous ne m'en voulez pas, j'espère?

– Je ne vous en veux pas, répondit-elle. Seulement... laissez-moi oublier... c'est tout.

– Oh! bien joué! Bien joué! Miss Roscoe, vous êtes épatante! s'époumona, folle d'enthousiasme, la fille du Dr Ratcliffe depuis l'autre extrémité du terrain de hockey. J'avais raison de compter sur vous pour marquer ce but!

Pour ses quatorze ans, Olga Ratcliffe était dotée d'un caractère peu commun, mélange d'astuce et d'impulsivité.

La première fois qu'elle l'avait vue, Muriel n'avait éprouvé pour elle qu'aversion tant était marquée sa ressemblance avec l'homme qu'elle désirait si fort bannir de ses souvenirs. Mais une intimité plus grande n'avait point tardé à dissiper cette antipathie.

Et Muriel, dépourvue de parents proches, se

découvrit bientôt admise, à l'unanimité, dans le cercle de famille du médecin.

Au début, elle avait eu très peur que ce dernier n'ait entendu parler de ses fiançailles avec Nick. Mais puisqu'il ne faisait jamais allusion à sa vie aux Indes pas plus qu'à Nick – à tout le moins en relation avec elle –, ses craintes s'étaient graduellement apaisées.

Elle était maintenant capable de se dire avec satisfaction que le souvenir de Nick s'estompait dans les brumes du passé.

Pourtant, il lui arrivait encore parfois d'éprouver le désir fugace de savoir comment se portait son ancien compagnon d'infortune.

Elle se demandait s'il n'y aurait pas moyen d'obtenir des renseignements par Olga. Et c'est ce qu'elle résolut de tenter lorsque, le match terminé, Olga l'eut emmenée au premier étage pour se laver les mains avant de prendre le thé.

Elle n'avait pas plus tôt mentionné Nick qu'Olga fut prolixe :

– Oh! vous le connaissez? Il est adorable, non? Il a été très mal, vous savez! Papa était fou de rage parce qu'il ne voulait pas revenir à la maison. Il aurait pu avoir une permission de convalescence, mais il n'a pas voulu la prendre. Pourtant, il se peut qu'il doive quand même rentrer, d'après papa, « s'il se passe quelque chose ». Papa n'a pas dit quoi. Cela concernait sa blessure, à mon avis. Papa veut qu'il quitte l'armée et qu'il s'installe sur son domaine. Il possède une grande propriété, à une vingtaine de kilomètres d'ici, que sa grand-tante lui a léguée.

Sautant de la coiffeuse sur le coin de laquelle elle était assise, Olga passa avec élan son bras sous celui de Muriel.

– Oh! miss Roscoe, je vous aime tant! plaida-t-elle, câline. Est-ce que je peux vous appeler par votre prénom?

– Bien sûr! répondit Muriel. J'en serais ravie. Et moi, je vais te tutoyer.

– Oh chic, alors! se réjouit Olga.

Et, tirant Muriel par le bras, elle l'entraîna hors de la pièce tout en poursuivant ses confidences sur un débit de moulin à paroles.

– Je me demandais... euh... si vous n'aimeriez pas que nous montions parfois à cheval, le temps de mon séjour ici, dit Grange avec timidité après une de ses longues hésitations coutumières.

– Moi? s'étonna Muriel.

– Je sais que vous montez, et la région est idéale pour les promenades. C'est interdit à Daisy, qui est trop faible et doit demeurer au chevet du petit, mais je pensais que peut-être vous...

– Oh! j'aimerais bien, dit Muriel. Je n'ai pas monté depuis que j'ai quitté Simla. Seule, cela ne me souriait guère.

Par la pensée, elle se retrouva tout à coup transportée au cœur des pins de Simla. Elle entendit le martèlement des sabots, sous ses fenêtres – et une voix joyeuse qui chantait abominablement faux.

Son compagnon la rappela à la réalité.

– Daisy va sans doute rester ici tout l'été, murmura-t-il. Le petit bonhomme n'a pas l'air de vouloir jamais supporter le climat indien. D'ailleurs, sa santé ne s'améliore guère. Cette histoire de fièvre constante provoquée par des dents qui percent m'a tout l'air d'une fable inventée par les médecins. Ils cachent la vérité à Daisy, et ils n'ont sans doute pas tort. L'enfant est très maladif. Si elle devait un jour regagner les Indes, Daisy consentirait-elle à le confier aux Ratcliffe?

– Certainement pas! répondit Muriel sans hésiter. Elle ne vit que pour lui.

– C'est ce que je pensais, dit Grange avec une certaine tristesse. Ce serait un coup très dur pour elle si... si un malheur arrivait, Muriel, dit-il sans se rendre compte qu'il l'appelait par son prénom. Il nous faudrait l'entourer. Vous ne la quitteriez pas, n'est-ce pas? Car moi..., je ne lui serais pas d'une grande utilité...

Il se tut un instant avant de poursuivre :

– C'est... c'est l'enfer que de voir une femme souffrir et de se savoir incapable de la réconforter.

Il frappa la barrière avec une telle violence que sa main dégantée se mit à saigner.

– Je suis fou, dit-il avec son sourire timide qui semblait toujours demander pardon. Ne faites pas attention, miss Roscoe. Vous savez, je... j'ai toujours eu beaucoup d'affection pour Daisy. Vous êtes à même de le comprendre, n'est-ce pas?

Muriel avait beau estimer que c'était, en effet, des plus compréhensible, la véhémence de Blake ne l'en étonnait pas moins.

– Je suppose que vous éprouvez à son égard des sentiments quasi fraternels, murmura-t-elle, choisissant inconsciemment l'explication la plus satisfaisante.

Grange ne répondit pas.

Muriel se laissait prendre avec un plaisir non dissimulé à l'amitié de Blake Grange. Aux yeux de la jeune fille qui émergeait peu à peu de l'interminable hiver de son chagrin, la présence de cet homme pour lequel elle avait éprouvé autrefois une foucade d'adolescente était un rayon de soleil dans la grisaille quotidienne.

Hélas! Ce paisible entracte dans la douce somnolence de la campagne anglaise n'allait pas durer toujours.

Certain après-midi de mars, Muriel et Grange, qui rentraient à cheval après une randonnée à travers la lande balayée par le vent, furent arrêtés au passage, devant la maison du docteur, par Jimmy, l'un des fils Ratcliffe.

Le gamin gambadait dans la boue en s'égosillant. Tout aussi échevelée mais plus intelligible, Olga était assise sur la barrière et balançait ses longues jambes.

– Avez-vous rencontré papa? Savez-vous la nouvelle? cria-t-elle. C'est oncle Nick!... Il revient enfin! Vous êtes contente, hein, Muriel? N'est-ce pas que vous êtes contente?

Mais Muriel demeura sans voix. Et ce fut Grange qui, après une seconde d'hésitation, demanda davantage de détails.

– Qu'est-ce qui motive son retour? A-t-il une permission de convalescence?

Olga acquiesça.

– Il ne faut pas qu'il reste là-bas pendant la saison chaude. A cause de sa blessure. Il paraît qu'il ne veut absolument pas revenir mais qu'on l'oblige à partir presque immédiatement. Il se peut qu'il soit déjà en route.

– Ça m'étonnerait! l'interrompit Jimmy. Dans sa lettre, il parle de son départ pour la fin mars. Et papa a dit que, dans ces conditions, il n'arriverait pas ici avant la troisième semaine d'avril.

– C'est bien ce que je disais, il sera là dans pas longtemps! clama Olga. Quand je pense que cela fait trois ans qu'il est parti! Je trouve vraiment qu'on aurait dû le décorer, pas vous? Capitaine Grange, pourquoi est-ce qu'on ne l'a pas décoré?

Grange se sentait bien incapable de répondre. Il lui conseilla de poser la question à l'intéressé en personne. Très gêné, il ne quittait pas Muriel des yeux. Et lorsqu'elle cravacha subrepticement son cheval et partit au triple galop comme si elle ne parvenait plus à le contrôler, il éperonna le sien et s'élança dans son sillage.

Muriel passa en trombe devant leur propre barrière. Mais, entendant Grange dans sa foulée, elle retint bientôt sa monture et, botte à botte, ils trottèrent un moment en silence.

Elle venait de subir un choc, il en était conscient, et elle souhaitait, de toute évidence, qu'il ne fît aucune remarque à ce sujet.

Pour Daisy, la nouvelle, telle que la lui rapporta Grange, fut plus agréable qu'étonnante.

– Je savais que, s'il lui restait un brin de bon sens, il ne tarderait pas trop à revenir, dit-elle.

Mais lorsque son cousin lui demanda ce qu'elle entendait par là, elle ne voulut rien répondre.

– Non, Blake. J'ai promis à Muriel de n'en jamais parler. Elle est extrêmement susceptible sur ce point.

Grange n'insista pas davantage. Mais lorsque Daisy monta dans la chambre d'enfant, après le dîner, il suivit immédiatement Muriel au salon, ferma sans bruit la porte derrière lui et se dirigea vers le fauteuil de la jeune fille.

Après un moment de léger embarras, Muriel leva vers lui de grands yeux où se lisait une interrogation muette.

– Si nous allions faire un tour au jardin? suggéra-t-elle. Il fait si bon!

Sortant ensemble dans l'obscurité embaumée, ils atteignirent bientôt une barrière rustique qui s'ouvrait sur la prairie du docteur. Là, d'un commun accord, ils s'arrêtèrent.

– Je ne m'étais jamais rendu compte à quel point j'aimais cet endroit, murmura Muriel. J'ai été réellement heureuse, ici... et je ne le savais même pas.

– Vous n'êtes pas heureuse ce soir, souffla Grange. Pourquoi? Qu'y a-t-il? Ne voulez-vous pas me le dire?

– Ne le savez-vous pas aussi bien que moi? lui demanda-t-elle lentement.

– Ce que je sais, Muriel, c'est que la nouvelle que nous avons apprise cet après-midi vous a bouleversée, répondit-il. J'avoue n'en pas comprendre la raison. Et je vous supplie de me l'expliquer.

– Vous allez me trouver idiote.

– C'est toute la confiance que vous m'accordez?

– Vous êtes très gentil. Vous l'avez toujours été. La raison de mon trouble, je ne pourrais l'avouer à personne d'autre... pas même à Daisy. Vous comprenez, elle est... elle est son amie. Mais vous, c'est différent. Je ne pense pas que vous éprouviez beaucoup de sympathie pour lui... Je me trompe?

Grange hésita un peu.

– Je n'irais pas jusque-là. Mais je le trouve un peu trop... insensible pour mon goût.

– Insensible! s'écria Muriel, saisie de tremblements convulsifs. Il n'est pas insensible, il est d'une cruauté diabolique, abominable! Et puis... et puis... ce n'est pas tout. Blake, estimez-vous qu'il soit tout à fait humain? Il est doué d'une force si... d'une force surnaturelle.

Discernant tout l'effroi que trahissait la voix de Muriel, Grange se rapprocha d'elle.

– Vous exagérez à la fois sa cruauté et sa force, dit-il d'un ton qui se voulait rassurant. Mais je vous garantis qu'il est humain... vraiment humain. Et je vous jure également qu'il n'a pas plus de pouvoir sur vous que celui que vous voulez bien lui accorder.

Au bout de quelques secondes, Muriel reprit d'une voix très basse :

– Je donnerais tout ce que j'ai pour ne jamais le revoir... Mais je ne sais comment lui échapper. Quoi que je fasse, il me retrouvera sans mal. Je ne suis qu'une faible femme, comment pourrais-je me défendre? Une fois, dans les montagnes, il m'a dit que je lui appartenais – qu'il ne me permettrait jamais de m'échapper. Et ça, je n'ai jamais pu l'oublier...

– Pauvre petite! murmura Grange, ému. Pauvre petit chou! Vous avez besoin de quelqu'un qui prenne soin de vous. Et si... s'il vous était possible de m'envisager dans ce rôle, j'aimerais être celui que vous élirez pour vous chérir et vous protéger.

Changée soudain en statue, Muriel semblait ne plus respirer. Elle ravala un long soupir et, frémissante, se tourna vers lui.

– Je préférerais me confier à vous, balbutia-t-elle, qu'à n'importe qui d'autre au monde.

Traversée brusquement par un fulgurant éclair de mémoire, elle eut à contempler, l'espace d'un instant, comme en une vision, un autre visage penché sur le sien – un visage terriblement émacié, jaune, boucané, avec des yeux de feu et des paupières toujours en mouvement, et elle entendit une voix, curieusement brisée, enrouée par la fatigue et l'émotion et qui semblait l'implorer.

Toutes ses vieilles terreurs remontèrent à la surface, doublées de son éternel désir de fuite. Etouffant un sanglot, elle se jeta dans les bras de Grange et s'accrocha à lui.

– Oh, capitaine Grange! haleta-t-elle, pitoyable. Oh! promettez-moi... promettez-moi de ne jamais m'abandonner!

– Ma chérie, je vous jure que je ne vous abandonnerai jamais, déclara-t-il d'un ton grave. Vous ne risquez plus rien, désormais. Personne ne saura vous arracher à moi.

Venu ausculter le petit dont l'état, en dépit des soins qui lui étaient prodigués, ne faisait qu'empirer, Jim Ratcliffe se trouvait au salon en compagnie de Daisy lorsque Muriel et Grange regagnèrent la maison. Il les dévisagea tous deux avec insistance mais se garda du moindre commentaire et se leva bientôt pour prendre congé.

Grange l'accompagna jusqu'au perron et Muriel, soudain aux prises avec un accès de timidité, murmura à Daisy un « bonne nuit » hâtif.

Dans l'entrée, elle se retrouva face à face avec Blake.

– Comment? Vous montez déjà? s'étonna-t-il.

– Oui... Annoncez vous-même nos fiançailles à Daisy, murmura-t-elle en s'enfuyant au premier étage comme un oiseau effarouché.

Grange resta immobile jusqu'à ce qu'elle disparût dans l'escalier. Quand il se dirigea vers le salon, tout sourire s'était évanoui de son visage.

Oubliant un instant les soucis que lui causait la

maladie de son enfant, Daisy le regarda en riant.
– Je parierais que vous mijotez quelque chose, tous les deux, déclara-t-elle.

Grange ferma la porte avec un soin infini. Il avait une expression étrange, un regard inquiet, fuyant.

– Vous n'avez pas entièrement tort, Daisy.

– Je n'ai jamais tort, mon cher Blake! lui répondit-elle d'un ton léger. Eh bien! suis-je digne d'entrer dans le complot, oui ou non?

Il la fixa un moment, au comble de l'embarras.

– Je comptais tout vous dire à l'instant, marmonna-t-il. Ce n'est... ce n'est évidemment pas le genre de secret que nous pourrions garder pour nous bien longtemps.

Daisy comprit soudain. Et l'expression de son visage changea instantanément.

– Blake! s'exclama-t-elle d'une voix où se mêlaient la stupeur, la consternation et même le reproche.

Il détourna les yeux.

– Ne consentirez-vous pas à me féliciter, Daisy? dit-il d'une voix presque inaudible.

Daisy avait blêmi. Et elle n'avait pas trop de ses deux mains pour se retenir au manteau de la cheminée.

– Mais, Blake! bégaya-t-elle au bout d'un moment. Elle n'est pas pour vous!

– Que voulez-vous dire par là? s'emporta Grange.

– Tout simplement qu'elle appartient à Nick. Elle a appartenu à Nick avant même que vous ne songiez à poser les yeux sur elle. Quand je pense que vous osez vous interposer au moment même où Nick annonce son retour, et le supplanter! Jamais je ne vous aurais cru capable d'une telle vilenie! Mais ce n'est sans doute pas sans appel? Vous n'avez quand même pas pu prendre un engagement définitif?

Le visage de Grange était devenu très sévère. Il n'évitait plus le regard de Daisy. Pour une fois, le jeune homme était en colère, et il le montrait.

– Vous commettez une erreur, lui dit-il sèchement. Je n'ai absolument rien fait dont je puisse avoir honte – ou dont quiconque à ma place puisse avoir honte. Et je l'ai bel et bien demandée en mariage. Et elle m'a bel et bien accepté. En ce qui concerne Nick Ratcliffe, elle le hait et le craint tout à la fois. Mais il n'a pas l'ombre d'un droit sur elle.

– Vous oubliez qu'il lui a sauvé la vie, murmura Daisy, méditative, tout en attisant le feu. Si vous l'épousez, Blake, ajouta-t-elle doucement, il vous faudra être infiniment bon pour elle. Une fille comme elle ne peut se satisfaire que de ce qu'il y a de mieux.

– Vous pensez sans doute que je ne la rendrai pas heureuse?

Daisy hésita un peu.

– Je pense, dit-elle, que vous sauriez rendre une femme heureuse. Mais cette femme n'est pas Muriel Roscoe.

Blake porta soudain la main de Daisy à ses lèvres. Il parut un instant prêt à dire quelque chose, mais resta muet.

Un léger sourire, mi-tendre mi-railleur, baignait le visage de Daisy lorsqu'elle s'éloigna. Mais elle demeura silencieuse, elle aussi. Ils semblaient s'être compris.

Muriel éprouva un soulagement indicible lorsque

Daisy la félicita pour ses fiançailles sans faire la moindre allusion à Nick.

Les jours qui suivirent l'annonce officielle, elle les vécut dans un état de transport tel qu'elle n'en avait jamais connu auparavant.

Elle savoura chaque minute de la cour que lui fit Blake. Sa gentillesse l'avait toujours attirée, et l'intimité qui s'était récemment développée entre eux rendait leurs nouvelles relations aussi aisées qu'enrichissantes.

Ils ne parlaient jamais de Nick. Et Muriel éprouvait le sentiment apaisant de n'en avoir plus rien à craindre.

Les jours coulèrent ainsi, dans la sérénité et le bonheur, jusqu'à ce que mars touchât presque à sa fin. Alors s'abattit la bourrasque qui devait mettre un terme à cette période bénie.

Un soir, très tard, on frappa à la porte de Muriel. Bondissant de son lit, elle se trouva face à face avec l'*ayah* de Daisy. Devinant que le bébé était malade, elle se précipita vers la chambre d'enfant.

Avant que Muriel n'en franchisse le seuil, Daisy se mit à parler. D'une pâleur atroce, elle était incapable d'élever la voix au delà d'un murmure.

– Réveillez Blake! haleta-t-elle. Dépêchez-vous! Dites-lui de courir chercher Jim Ratcliffe. Vite!

Muriel se précipita. Dans sa hâte, elle ne prit même pas le temps de frapper à la porte et arriva droit sur Blake comme un ouragan. La chambre était plongée dans l'obscurité, mais il se réveilla aussitôt.

– Hein? Que se passe-t-il? C'est vous, Muriel?

– Oh! Blake, dit-elle, à bout de souffle. Le petit est au plus mal! Il faut aller chercher le médecin!

Elle retourna ensuite auprès de Daisy qu'elle

trouva affalée dans un fauteuil à bascule, devant le feu presque éteint, berçant doucement le bébé sur son sein. Le visage figé, elle regarda Muriel entrer.

– Blake est parti? demanda-t-elle d'une voix sans timbre.

Après avoir hoché la tête, Muriel s'agenouilla à côté d'elle et s'abîma dans la contemplation du minuscule visage de cire sur le sein de Daisy. Et, avec un coup au cœur, elle comprit que le petit enfant était mort.

L'attente fut intolérable. Muriel la supporta avec une endurance héroïque. Elle ne pouvait se libérer de l'impression que Nick était à son côté et l'aidait à surmonter l'épreuve.

Lorsqu'elle entendit enfin la barrière du jardin, elle courut à la porte d'entrée et l'ouvrit tout grand.

– Il est trop tard! chevrota-t-elle tandis que le médecin entrait. Il est trop tard!

Jim Ratcliffe la prit par les épaules et l'obligea à s'éloigner de la porte ouverte.

– Allez vous couvrir! ordonna-t-il. Immédiatement!

Elle s'habilla à la hâte et regagna sans bruit la chambre d'enfant.

Devant le feu, Daisy continuait à bercer le fardeau pitoyable serré contre son cœur. Et lorsque le médecin lui enleva le petit corps, une expression d'étonnement, presque d'égarement, passa sur le visage de la jeune femme.

– Vous n'allez pas le laisser pleurer? s'inquiéta-t-elle.

Muet un instant, Jim Ratcliffe fixa intensément la

pauvre petite forme inerte qu'il tenait dans ses bras. Puis son verdict, prononcé d'une voix très calme, tomba dans le silence de la pièce :

– Il ne pleurera jamais plus.

Daisy se dressa aussitôt, avec, dans le regard, toute la souffrance du monde.

– Jim! Jim! haleta-t-elle, éperdue. Il n'est pas... il n'est pas mort? Mon enfant chéri... mon bébé... la prunelle de mes yeux! Dites-moi... oh! dites-moi qu'il n'est pas mort!

Jim Ratcliffe tira lentement la couverture du bébé sur son visage.

– Ma pauvre petite, dit-il, la mort n'existe pas.

4

Dans les plaines, la chaleur se faisait de jour en jour plus accablante. Oppressé par la touffeur de l'atmosphère, l'homme qui, manches de chemise retroussées au-dessus des coudes, travaillait sur sa véranda, poussait de temps à autre de profonds soupirs.

C'était un garçon fort jeune encore, blond et rasé de près. Ses yeux fatigués étaient injectés de sang mais, en dépit de la nuit tombante, il n'en continuait pas moins à dépouiller d'arrache-pied ses dossiers sous la lampe.

Lorsqu'un pas se fit entendre dans la maison, c'est à peine s'il leva les yeux.

– Attends, mon vieux! grommela-t-il en continuant à feuilleter ses papiers. J'ai encore un rapport à ingurgiter. Je suis à toi dans un instant.

Il n'y eut pas de réponse. Un grand individu maigre – sorte d'épouvantail squelettique vêtu de blanc et dont la manche gauche, vide, était repliée sous l'aisselle – resta un moment planté sur le seuil, puis s'approcha de la table où son ami achevait la lecture de son dernier document.

Le travailleur acharné s'étira dans un long geste de lassitude, puis bondit sur ses pieds.

– Où ai-je la tête? Je te laisse là debout! Assieds-toi, Nick! J'en ai terminé pour ce soir. Mais quel agité tu fais! Ne pouvais-tu rester tranquille à l'intérieur deux minutes?

– La patience est tout un apprentissage, grimaça Nick, et je n'ai jamais pu m'y soumettre. Mais toi, au train où tu vas, tu vas bientôt pouvoir te retirer, fortune faite, dans une banlieue respectable, avec Daisy et le diablotin. Tu as beaucoup de chance, mon vieux Will.

– Tu crois?

D'un geste de sa main valide, Nick balaya la table.

– Range ça! Je vais te ramener Daisy l'hiver prochain. Tu verras!

Will l'entraîna à l'intérieur de la maison et les deux hommes s'installèrent au salon.

– Oh! vieux, si seulement tu pouvais dire vrai! En tout cas, c'est gentil de ta part d'être ainsi passé me rendre visite alors que tu n'es pas encore remis.

Nick éclata de rire.

– Tu ne crois tout de même pas que je l'ai fait pour toi, non? Je voulais me ménager une étape confortable sur le chemin de la côte, voilà la vérité.

– Eh bien, tu m'as découvert le nez plongé dans le boulot. Tu pourras dire à Daisy que je travaille comme un nègre pour elle et le gamin. Il n'est toujours pas très solide, d'après ce qu'elle m'écrit.

– Tu as de ses nouvelles tous les combien? demanda Nick.

– Oh! la dernière lettre est arrivée il y a trois semaines. Ils allaient tous bien, à ce moment-là. Mais, comme Grange était là, elle ne s'est guère appesantie. Il loge chez elles, tu sais.

– Depuis quand Grange est-il là-bas?

– Je n'en sais rien. Quelque temps, je pense. Daisy et lui sont comme les deux doigts de la main. Ils sont cousins germains. Je les soupçonne d'avoir eu un petit flirt, il y a quelques années, quand elle était adolescente. Mais les parents ont dû y mettre le holà et tout est rentré dans l'ordre. Ils sont restés inséparables. J'ai toujours pensé que Grange était un type bien.

– Trop mou à mon goût, marmonna Nick.

– Tiens! voilà le *khit* qui s'amène sur la véranda. Qu'est-ce qu'il peut bien vouloir?

Will sortit. Nick vit le serviteur indigène lui remettre, sur un plateau, un pli que Will emporta près de la lampe sous laquelle il avait travaillé. Un silence interminable s'ensuivit.

Exaspéré, Nick finit par élever la voix sans bouger :

– Que diable es-tu en train de fabriquer, grossier personnage?

Ne recevant pas de réponse, il fronça les sourcils et se dirigea vers la porte. Arrivé là, il se précipita : Will était effondré à genoux près de la table, la tête sur ses papiers et les bras tendus, poings serrés, dans une attitude de désespoir absolu.

– De quoi s'agit-il? Une mauvaise nouvelle, hein?

– Un télégramme..., bégaya Will. C'est notre petit... il est mort... hier soir.

Nick prit Will par le bras.

– Rentre! dit-il brièvement.

Will le suivit comme un aveugle, puis se mit à débiter soudain un flot décousu de paroles amères :

– Je l'ai perdue! Je l'ai définitivement perdue! Il n'y avait que le petit qui nous liait... Elle ne m'a jamais aimé, ne s'est jamais souciée de moi... J'ai toujours su que le seul moyen de la garder était d'avoir un enfant... Et maintenant, maintenant...

– Allons, mon vieux! gronda Nick. Allons!

Il s'assit sur l'accoudoir du fauteuil de Will et lui frappa l'épaule.

– Mon pauvre vieux, dit-il, il n'y a que le courage qui sauve, rien d'autre : le courage de continuer à faire front quand on sait pertinemment qu'on est battu, le courage de s'accrocher, de se cramponner, de lutter jusqu'à ce qu'on obtienne ce que l'on souhaite le plus au monde.

Il esquissa un geste de son bras unique.

– C'est ce que je fais moi-même, ajouta-t-il avec une note tragique dans la voix. Et Dieu sait que je ne Le laisserai pas en paix avant d'avoir obtenu satisfaction.

Il n'est plus complet épuisement, plus total accablement que celui provoqué par le chagrin. Daisy avait l'impression que le ciel lui était tombé sur la tête, que la terre s'était ouverte sous ses pieds, et plus rien ne comptait pour elle.

Les premiers jours, elle ne vit personne que Muriel et le médecin. Jim Ratcliffe était d'ailleurs plus inquiet à son sujet qu'il ne voulait bien l'avouer.

Au début, il s'était en outre inquiété au sujet de Muriel, mais celle-ci l'étonna au plus haut point. Face à l'absolu désarroi de Daisy, sa propre faiblesse s'était muée en force peu commune.

Bien qu'il ne fût jamais loin, elle vit peu Blake au cours de cette période de profonde affliction.

Un soir, environ trois semaines après la mort du bébé, Daisy entendit le pas de son cousin sous sa fenêtre et sortit un peu de sa torpeur.

– Qui s'occupe de Blake? demanda-t-elle.

A travers la vitre, Muriel jeta un coup d'œil à la large silhouette légèrement apathique qui approchait de la maison.

– Je pense qu'il s'en charge lui-même, dit-elle.

– Il ne faut plus que vous passiez tout votre temps avec moi, soupira Daisy. J'ai été très égoïste. Descendez le voir, Muriel.

La jeune fille obéit et Blake se montra heureux de se promener avec elle dans le jardin jusqu'à l'heure du dîner.

Juste au moment où ils allaient rentrer, le facteur leur apporta à tous deux des lettres de l'étranger. Elles émanaient de sir Reginald et de lady Bassett.

Le premier signifiait à Blake, succinctement mais courtoisement, qu'il consentait aux fiançailles de sa pupille. Il espérait en outre que Muriel regagnerait les Indes à l'automne pour qu'il puisse la conduire à l'autel.

Grange avait enlacé sa fiancée en lisant ce passage à voix haute. Elle le regarda avec une expression de détresse évidente.

– Je... je ne pensais pas que ce serait si tôt, Blake, balbutia-t-elle. Je ne veux pas me marier pour le moment. Ne pouvons-nous pas rester comme nous sommes, attendre un peu? Y verriez-vous un inconvénient?

Le visage de Blake exprima un léger étonnement, sans plus.

– Non, bien sûr, ma chérie. Je vous épouserai quand vous le souhaiterez, dit-il avec sa douceur coutumière. Ma permission se termine en septembre, mais je ne suis pas forcé de rester dans l'armée. Je démissionnerai si vous le souhaitez.

– Démissionner? Oh non, Blake! Pour rien au monde! Je n'ai jamais songé à une chose pareille. Je suis fille de militaire, ne l'oubliez pas. Et mon père...

Ses lèvres tremblaient lorsqu'elle tourna les talons pour rentrer à la maison. Son cœur pleurait la mort d'un grand soldat. Mais Grange ne le savait pas, et ne voyait même pas qu'elle était émue.

Les yeux levés vers une fenêtre du premier étage où une silhouette floue regardait vaguement les ombres du jardin, il pensait à autre chose.

Le lendemain, Daisy insista pour que Muriel retournât sur le terrain de hockey et reprît sa place dans l'équipe d'Olga.

– Vous devez y aller, dit-elle. Et Blake aussi.

Mais lorsque Muriel lui transmit le message, Blake secoua la tête, maussade.

– Non. Je me suis foulé le poignet. Ne vous inquiétez pas pour moi. J'irai faire un tour.

Bien qu'elle n'en eût aucune envie, Muriel se mit en route. Grange l'accompagna à la barrière. Et il y resta accoudé jusqu'à ce qu'elle disparût derrière un bouquet d'arbres. Il se redressa alors paresseusement et retraversa le jardin en flânant.

Tandis qu'il approchait de la maison, le bruit

d'une fenêtre qu'on ouvrait attira son regard. Et en l'espace d'une seconde, aussi vite que l'ombre d'un nuage balayé par le vent, son air maussade s'évanouit.

– Blake! Entrez! lança Daisy par la baie du salon.

Grange alla la rejoindre et ses doigts se refermèrent sur le poignet de la jeune femme comme s'il en était le propriétaire. Il la contemplait avec l'adoration d'un chien fidèle.

– Faisons preuve de bon sens, murmura-t-elle. N'abordons pas de sujets hasardeux. Je suis très fatiguée, Blake. Ne me compliquez pas la vie.

– Ne pensez-vous pas qu'un changement vous ferait du bien?

– Je ne sais pas. C'est l'avis de Jim. Il voudrait que j'aille au bord de la mer, à Brethaven. Ce n'est qu'à une vingtaine de kilomètres. Il m'y conduirait en voiture et pourrait continuer à me surveiller. Mais je ne sais pas encore si le jeu en vaut la chandelle. Je n'aime pas particulièrement la mer. Quant à Muriel, elle assure que cela lui est égal.

– N'est-ce pas du côté de Brethaven que Nick possède des terres?

– Oui. Le domaine de Redlands. J'y suis allée une fois avec Will. C'est une très belle propriété sur la falaise, dont il a hérité et qui ne lui servira jamais à rien à moins qu'il ne se marie... ce qui est exclu désormais.

Grange eut l'air gêné.

– Ce n'est pas ma faute, remarqua-t-il, buté.

– Non, je le sais bien, dit Daisy avec comme un écho de son ancien rire léger. Rien n'a jamais été votre faute, mon cher et adorable Blake. Il vous arrive seulement de vous fourrer souvent dans de bien mauvais pas, un point c'est tout, n'est-il pas vrai?... Oh! mais il faut que je me sauve pour essayer d'écrire à Will. Je ne lui ai pas envoyé un seul mot depuis... depuis...

Elle s'arrêta net, puis reprit :

– J'ai chargé une fois Muriel de le faire à ma place. Mais il continue à m'écrire à chaque courrier. J'aimerais tant qu'il n'en fasse rien!

Grange se dirigea lentement vers la fenêtre et regarda au-dehors.

– Quand irez-vous le rejoindre? demanda-t-il.

– Je n'en ai pas la moindre idée.

Il y avait une pointe de reproche dans la réponse de Daisy. Et, n'y tenant plus, elle se courba soudain en avant dans son fauteuil, mains jointes dans un geste de supplication.

Ce fut le moment précis que choisit Blake pour pivoter inopinément sur ses talons. Il ne put manquer de lire alors dans ce regard pathétique rivé sur lui une expression plus éloquente qu'un aveu.

Surprise ainsi alors qu'elle s'y attendait le moins, Daisy changea brusquement d'attitude, cherchant à dissimuler cet abandon passager afin de persuader Blake – si tant est que cela fût encore possible – qu'il avait mal vu.

Trop tard! A genoux à côté d'elle, il l'entourait déjà de ses bras, l'enlaçant avec passion.

– Daisy! murmura-t-il d'une voix rauque. Oh! Daisy...

Avec un sanglot, Daisy enfouit son visage dans le gilet de Blake.

En dépit de l'accueil enthousiaste d'Olga, ce fut avec le cœur bien lourd que Muriel prit sa place sur le terrain de hockey cet après-midi-là.

Cependant, au fur et à mesure que le jeu déroulait ses péripéties, elle se mit graduellement à oublier ses problèmes. La jeunesse, la santé et une beauté nouvelle dont elle n'avait aucunement conscience animaient son visage. Elle ne cachait plus en son cœur une peur grotesque. Elle s'en était débarrassée avec sagesse, avec résolution, comme on tire un trait sur une histoire achevée.

Le vent fou l'avait échevelée avant même que le dernier but ne fût marqué. Nu-tête et les joues en feu, elle rejoignit bientôt Olga pour quitter le terrain en triomphe.

A cet instant précis, un coup de klaxon impérieux retentit non loin de la barrière.

Olga poussa aussitôt une clameur de ravissement et fonça vers la route telle une hirondelle frôlant à peine le gazon.

Pétrifiée, Muriel la suivait du regard.

Une silhouette familière – une silhouette masculine aussi haute qu'elle était maigre et aussi raide que la lame d'une épée – avait bondi de la voiture et escaladait la barrière avec l'agilité d'un singe.

Nick se précipita à la rencontre de l'enfant qui courait à perdre haleine. Il tendait un bras, un seul. L'autre... Muriel fronça les sourcils dans son effort pour mieux voir, puis émit un étrange son étouffé qui ressemblait à un rire nerveux. A la place de l'autre bras, il y avait une manche vide!

La voix de Nick, toujours aussi éraillée, lui parvint, portée par le vent.

– Salut, Olga! J'espère que je ne surviens pas en trouble-fête! Mais pour rien au monde je n'aurais manqué cette fin de partie! Ma parole!... mais c'est Muriel!

Comme s'il venait seulement de la reconnaître, il

se dégagea, non sans mal, des bras d'Olga et se dirigea vers elle d'un pas vif.

Deux secondes plus tard, ils étaient face à face. Muette, glacée, Muriel le regardait avec hébétude. Elle savait pourtant qu'il devait arriver. Depuis des semaines, elle s'était forgé une armure, caparaçonnée de formules toutes faites et de conventions mondaines. Mais tous ses beaux efforts étaient réduits à néant.

Tel le vent léger qui fait se courber les blés de printemps, l'arrivée de Nick balaya la confiance en elle-même que la jeune fille venait tout juste d'acquérir. Elle vacilla.

– Son Excellence daigne-t-elle se rappeler le plus humble de ses serviteurs? s'enquit Nick en plongeant dans une profonde courbette.

Le ton railleur de Nick lui remit brusquement sa leçon en mémoire. Et la main qu'elle lui tendit ne tremblait presque pas.

– Je me souviens fort bien de vous, Nick, dit-elle avec une courtoisie glacée. Je suis navrée qu'il ait fallu vous hospitaliser. Vous sentez-vous mieux?

A ces mots, il fit une étrange grimace et, pendant la seconde où la main de Muriel demeura dans la sienne, elle comprit qu'il la scrutait avec intensité.

– Merci... infiniment, dit-il. Comme vous avez pu le remarquer, une infime partie de moi-même est restée en chemin. Je ne doute pas que vous considériez ce détail comme une amélioration.

Cette réplique cinglante stigmatisait la banalité de son propre commentaire et elle se raidit.

– J'en suis désolée pour vous, rétorqua-t-elle, glaciale.

Nick eut un petit rire énigmatique.

– Je l'espère bien!... Dis donc, Olga, qu'est-ce qui

t'a pris de grandir comme cela en mon absence? Tu avais la taille qui convient à un enfant bien élevé, et maintenant tu me dépasses.

– Ce n'est pas vrai, oncle Nick! s'écria la fillette. Et ce ne sera jamais le cas, na!

Elle glissa son bras autour du cou de son oncle. Ses yeux étaient emplis de larmes et brillaient de joie tout à la fois.

– Oh! s'exclama Nick. Il va se mettre à pleuvoir, on dirait! Cours donner l'ordre au chauffeur de rentrer à la maison. Monte avec lui. Et emmène tes amies avec toi. Vous tiendrez bien toutes. Moi, je rentre par le jardin avec Muriel.

Bien que se retrouver seule avec lui fût la dernière chose qu'elle désirât au monde, Muriel se rendit compte qu'il lui fallait faire contre mauvaise fortune bon cœur.

Nick marchait à côté d'elle de son pas souple et dégagé. De grosses gouttes, espacées, commençaient à tomber. Au bout de quelques instants, il lui prit sa crosse de hockey.

– Cela m'a fait un sacré plaisir de vous voir marquer ce but, vous savez!

– Je ne pouvais me douter que vous regardiez! répliqua-t-elle sèchement.

– Cela va de soi, fit-il avec un sourire en coin. C'est drôle, vous ne trouvez pas? Vous voulez savoir ce que je me suis dit?

Elle ne répondit pas et son sourire se changea en rire.

– Je parie que vous en mourez d'envie, je vais donc vous l'avouer. Je me suis dit : « La prière nº 1 est exaucée » – et je l'ai rayée de ma liste.

– Je ne comprends pas..., déclara Muriel, interloquée.

Nick balançait la crosse avec désinvolture. En dépit de son million de rides, son visage boucané exprimait un étrange contentement de soi.

– C'est pourtant simple. Je voulais vous voir redevenir jeune... et mon désir a été satisfait, un point c'est tout.

Muriel détourna brusquement la tête tant elle rougissait. Et elle pressa le pas. La pluie tombait fort, maintenant. En atteignant la barrière du docteur, elle tendit la main pour la pousser.

Avec une rapidité déconcertante, Nick lâcha la crosse de hockey et s'abattit sur sa main comme un oiseau de proie.

– Qui vous a donné cela? Répondez!

Il avait remarqué un anneau de diamants à son annulaire. Elle ne pouvait voir ses yeux sous ses paupières battantes, mais il lui serrait le poignet à le briser et il y avait un accent de sauvagerie dans sa voix.

Le cœur de la jeune fille battait si fort qu'elle ne pouvait articuler. Finalement, presque tout bas, elle souffla :

– C'est Blake qui me l'a donné. Blake Grange.

– Ah oui? Ah vraiment?

– Nous allons nous marier, ajouta-t-elle, plus calme.

Il y eut un silence. Puis Nick lâcha la main de Muriel et se pencha pour ramasser la crosse de hockey. Lorsqu'il releva la tête, son visage affichait à nouveau une gaieté déconcertante.

– Chic! s'épanouit-il. J'arrive au bon moment pour danser à la noce! Veuillez, je vous prie, accepter mes plus chaleureuses félicitations!

Muriel se vit contrainte de détourner la tête pour murmurer de vagues remerciements. Ce n'était plus la peur qui l'habitait, mais bien la honte – une honte étrange, inexplicable.

La nouvelle du retour de Nick se répandit comme une traînée de poudre et toute la maisonnée du docteur, parents, enfants et domestiques, se rassembla pour l'accueillir. Jim lui-même se précipita sous la pluie pour lui serrer la main.

Le héros du jour prenait un plaisir évident à cette bouillante réception, toute d'agitation et de clameurs : Nick n'avait jamais été le moins du monde ce qu'il est convenu d'appeler un timide.

Muriel, qui se tenait au second plan, en spectatrice, ressentait au cœur un pincement bizarre et se persuadait que l'annonce de ses fiançailles n'avait rien fait à Nick.

Les joues brûlantes, elle se prit à souhaiter s'être comportée avec plus de hauteur.

Sans bruit, elle se déroba au joyeux groupe qui bavardait à perdre haleine. La porte d'entrée était ouverte. Il pleuvait à verse mais elle n'hésita point. Avec une hâte fiévreuse, elle se précipita dans la tempête.

Le rire insouciant d'une voix éraillée la poursuivit sur son chemin et, à un moment donné, elle s'imagina que cette voix l'appelait dans la tourmente. Mais elle n'en ralentit pas pour autant. Non. Elle n'en courut au contraire que plus vite.

Trempée et à bout de souffle, elle se cogna enfin à Blake sur le seuil de sa demeure. Elle était si épuisée qu'elle tomba presque dans ses bras.

– Hé! dit-il en la remettant d'aplomb, vous ne devriez pas courir comme ça! Où avaient-ils donc la tête pour vous laisser sortir sous ce déluge?

– Ils n'y sont pour rien, dit Muriel en poussant un

profond soupir. La faute en incombe à moi seule. Je voulais m'en aller. Oh! Blake, savez-vous que... que Nick est revenu?

– Quoi? Déjà?

– Il est arrivé en auto pendant que nous jouions. Je suppose qu'il loge à Redlands. Et... oh! Blake, il a perdu le bras gauche. Cela lui donne une allure si... si bizarre...

Elle ne put se retenir de frissonner. Ses yeux avaient retrouvé leur ancienne expression de terreur.

– Je pensais que son retour me laisserait indifférente, murmura-t-elle. Peut-être que si vous aviez été là, les choses auraient été plus faciles... Oh! c'était... c'était...

Elle posa ses mains tremblantes sur les bras de Grange.

– Oh! Blake, murmura-t-elle comme un enfant apeuré. Je me sens tellement sans défense. Mais vous m'avez promis... vous m'avez promis que vous ne m'abandonneriez jamais.

Oui, il le lui avait promis. Il le lui avait juré. Et, avec une horrible sensation de nausée, il se rappela que, aux yeux de Muriel à tout le moins, il demeurait un homme d'honneur.

S'avouer l'esclave d'une femme mariée – et à plus forte raison quand la femme en question était l'amie intime de la jeune fille – reviendrait à plonger Muriel dans un désarroi absolu au moment même où elle avait le plus besoin d'une main secourable.

Tel fut le raisonnement de Blake tandis que Muriel, suppliante, levait vers lui ses prunelles innocentes.

Sa réponse, lorsqu'il se décida à la donner après

mûre réflexion, fut faite d'une voix lente et virile, au timbre caressant. Et, pour Muriel du moins, elle ne laissa rien à désirer. Pas un instant, la malheureuse ne soupçonna qu'il se traitait d'infâme au moment même où il réitérait son impossible serment :

– Ma pauvre petite chérie, vous n'avez rien à craindre. L'homme capable de vous arracher à moi n'est pas encore né.

Il lui posa un baiser sur la joue.

– Vous n'êtes pas encore bien forte, mon petit chou, s'attendrit-il. Il vous faudra longtemps pour vous remettre de ce que vous avez eu à subir l'an dernier.

– Oui, reconnut-elle en soupirant. Je pensais vraiment que son retour me laisserait indifférente... absolument indifférente. Et pourtant cela m'a causé un choc horrible. Je... je lui ai parlé de nos fiançailles, Blake.

– Oui, ma chérie.

– Je les lui ai annoncées. Alors il a ri et m'a présenté ses félicitations. Je ne pense pas que cela lui ait fait quoi que ce soit, ajouta Muriel, ressentant à nouveau, au cœur, cette sensation de douleur inexplicable.

– Pourquoi aurait-il fallu qu'il en allât autrement? demanda Blake.

Elle hésita un instant.

– Je ne vous l'ai jamais avoué, Blake, mais je lui ai été... je lui ai été fiancée pendant une quinzaine de jours, au cours de cette période épouvantable, à Simla.

A son intense soulagement, elle ne remarqua aucun changement sur le visage courtoisement attentif de Blake.

– Vous n'aviez pas besoin de me l'avouer, ma chérie.

– Non, je sais...

Ainsi put-elle s'accrocher à son illusion et y puiser du réconfort, totalement ignorante des défauts de son protecteur qui, aux yeux de la femme qui l'aimait depuis l'adolescence, étaient aussi manifestes et presque aussi précieux que ses qualités.

– Il faut que je me remette en route, dit Nick.

Affalé sur le sofa du bureau de Jim, il jetait des coups d'œil sereins au plafond.

– Il n'en est pas question ce soir, répliqua Jim, maussade.

– Je ne peux m'incruster chez toi, Jim! s'insurgea Nick. Je passerai évidemment la nuit ici avec le plus grand plaisir. Mais je rentre à Redlands demain. Viens m'y rendre visite. Et s'il te chante d'appliquer ta science à ce moignon qui me torture, je serais charmé de te donner carte blanche en la matière.

Jim fronça les sourcils.

– Sais-tu ce qui te pend au nez si tu ne te soignes pas? dit-il brutalement. Tu vas mourir.

Nick éclata de rire et s'adossa aux coussins.

– La crainte de cette éventualité m'a fait quitter l'Inde. Ce n'est pas à mon retour que je vais passer l'arme à gauche! Je m'en vais au contraire rouvrir Redlands et t'enlever Olga pour qu'elle tienne ma maison.

– Fine équipe! grommela Jim. Vous allez en faire de belles!

– Ne t'inquiète pas. Je la ferai marcher droit. Je suis très doué pour ça. Demande plutôt à Muriel Roscoe.

Jim se renfrogna davantage.

– Tu sais sans doute qu'elle est fiancée à Grange?

Nick, qui rêvassait, ne prit même la peine d'ouvrir les yeux.

– Tu parles! Elle a veillé à ce que je sois au courant. Je lui ai donné ma bénédiction.

– Eh bien, moi, je n'aime pas ces fiançailles, décréta Jim.

– Pourquoi? Qu'est-ce qu'a Grange qui ne te revient pas?

– Rien. Mais elle n'est pas amoureuse de lui.

Les paupières de Nick s'entrouvrirent, laissant entrevoir un trait lumineux.

– Patate, va! Tu seras bien toujours le même! murmura-t-il d'un ton affectueux. A propos, dis-moi ce que tu penses de Daisy. Il faut que je lui rende visite demain avant de partir.

Le jeune homme n'eut cependant pas le loisir de mettre ce projet à exécution car ce fut Daisy elle-même qui se dérangea pour venir le surprendre le lendemain aux aurores.

– Mon pauvre Nick chéri! s'attendrit-elle en lui baisant le front.

– Content de vous voir, Daisy! Asseyez-vous là. J'ai beaucoup de choses à vous raconter.

Pour son deuil récent, il n'eut pas un mot de condoléances et se contenta de lui tenir la main.

– Pauvre Will! dit-il. J'ai passé une nuit chez lui sur le chemin du retour. Il a un cafard terrible. Irez-vous le rejoindre cet hiver?

– Cela dépend...

– Il se ronge le cœur pour vous comme un parfait imbécile, grommela Nick. Au fait, depuis combien de temps Muriel est-elle fiancée à Grange?

– Cela va faire quelques semaines.

Nick hocha la tête.

– Je l'aurais parié. Dès qu'elle a appris que je revenais, hein? Curieuse réaction. Et Grange? Follement épris?

Daisy tenta de masquer par un petit rire sa rougeur pitoyable.

– Ne vous faites pas plus insensible que vous ne l'êtes, Nick. Il... il a, bien évidemment, un penchant pour elle.

– Oh! un penchant... Voyez-vous ça! ricana-t-il.

– Soyez juste, Nick, insista Daisy. Tout le monde n'a pas, comme vous, une force d'âme à toute épreuve... Mais parlez-moi encore de Will. Il faut que j'essaie de lui écrire aujourd'hui.

Nick se plongea aussitôt dans une description de l'homme qui, perdu au cœur des plaines torrides des Indes, se tuait nuit et jour au travail pour la femme qu'il aimait.

Ce fut avec un soulagement indicible que Muriel accueillit la nouvelle du départ de Nick pour Redlands.

Daisy reprenait des forces et, ébranlée par l'insistance de Jim, commençait à envisager la possibilité d'un déménagement. Il y avait, à Brethaven, un cottage à louer qui, d'après lui, conviendrait parfaitement aux deux amies.

Muriel ne souleva aucune objection. Elle savait le bien que ce changement ferait à Daisy mais se sentait néanmoins défaillir chaque fois qu'elle y pensait. Aussi fut-elle heureuse lorsque, début juin, Blake, qui s'était absenté, revint passer quelques jours chez elles avant d'entreprendre une tournée de visites.

Il approuva d'enthousiasme le projet de Brethaven. Et un beau matin, Muriel et lui décidèrent de se rendre à cheval jusqu'au petit village de pêcheurs pour mettre un peu d'ordre dans la future maison.

Au détour d'un chemin, ils tombèrent sur une automobile immobilisée sur le bas-côté. Assis sur le marchepied, Nick était aux prises, de sa seule main, avec la pédale de frein. Olga, qui l'accompagnait, essayait de l'aider.

– Grange, mon vieux! s'écria-t-il, les accueillant avec ce qui pouvait passer pour un sourire. Voilà tout juste un petit travail qui convient à ta force d'Hercule. Cette cochonnerie s'est encrassée et la tâche est trop dure pour un Pygmée comme moi – manchot par surcroît.

Il avait accompagné cette dernière remarque d'un clin d'œil à Muriel, mais elle tourna rapidement la tête.

Bientôt, elle vit les deux hommes se redresser. La réparation était faite. Ils restèrent une seconde côte à côte – Blake splendide et taillé en athlète; Nick, maigre, amputé, presque rétréci, semblait-il.

Mais elle comprit soudain, sans que le doute fût permis, que le plus vaillant des deux était précisément celui auquel elle opposait sa fragilité de femme.

Brusquement, il quitta Blake pour la rejoindre.

– J'insiste pour que vous veniez déjeuner à Redlands, dit-il. Olga en est l'hôtesse. Ne refusez pas.

Muriel scruta le visage de Nick, cherchant désespérément à déchiffrer ce masque déconcertant. Elle ne tarda pas à abandonner cette tentative, vouée à l'échec.

– Nous vous suivons, dit-elle en se dirigeant vers

Blake qui lui tenait l'étrier tandis que Nick remontait en voiture pour prendre les devants en compagnie d'Olga.

Le chemin qui menait à Redlands traversait des étendues boisées. De-ci de-là, des trouées permettaient de discerner la mer, d'un bleu étincelant sous le soleil d'été. Et lorsqu'ils retinrent leurs montures pour prendre le tournant et passer les grilles ouvertes à leur intention, Muriel ne put retenir une exclamation d'émerveillement.

La longue maison basse, couverte de chaume, se trouvait au bout d'une allée sinueuse bordée, de part et d'autre, d'un flamboiement de rhododendrons en fleurs. En contrebas, sur la gauche, un ruisseau murmurait au creux d'une vallée miniature. Sur la droite, les arbres, très drus, cachaient complètement la route.

– Oh! Blake, s'exclama-t-elle. Quel paradis!

– Ça vous plaît? lança la voix de Nick.

Elle sursauta en le voyant jaillir d'une allée ombreuse pour refermer la grille derrière eux.

Sous le coup d'une impulsion subite, elle se laissa glisser à terre.

– Tenez mon cheval, Blake! dit-elle. Il faut que je coure jusqu'à ce ruisseau.

Nick la suivit dans l'étroite descente. Au moment où il la rejoignit au bord de ce ruisseau féerique, elle émit un petit rire désespéré et lui tendit la main.

– Est-ce la paix? balbutia-t-elle.

Elle sentait ses longs doigts décharnés envelopper les siens.

– Cela en a toutes les apparences, dit-il. De quoi avez-vous peur? De moi?

– Je le crains, dit-elle. Je n'ai pas montré beaucoup de cœur, le jour de votre arrivée. En fait, j'ai été... prise de court. Mais maintenant, je vous demande de me pardonner mon mauvais accueil, Nick. J'en suis tout à fait désolée.

Sans qu'elle s'en rendît compte, sa voix aurait tiré les larmes à une pierre. Mais tel n'était pas, apparemment, le point de vue de Nick.

– Je vous en conjure, chère amie, ne soyez pas désolée! fit-il, mondain. J'ai fort bien compris. Il n'y a rien à regretter.

Muriel avait le cœur bien lourd lorsque, empruntant une sente moussue, ils remontèrent vers la maison. Et, à la vue du sourire triomphant de son compagnon, elle aurait donné n'importe quoi pour pouvoir lui envoyer son hospitalité à la figure et s'en aller panser, à l'autre bout du monde, son orgueil outragé.

L'état d'esprit de Muriel lui eût-il permis d'en goûter le charme que le déjeuner dans cette salle à manger ancienne dont les fenêtres donnaient sur la mer, avec une Olga rayonnante jouant les maîtresses de maison, l'aurait comblée d'aise.

Mais la désinvolture avec laquelle Nick avait traité sa proposition de paix avait tué en elle toute faculté d'émotion – d'émotion agréable, s'entend, car si elle l'avait craint auparavant, elle le haïssait maintenant de toutes les forces de son être.

Quant à lui, apparemment béat, il semblait à mille lieues de percevoir son hostilité.

Nick avait quantité d'anecdotes à raconter. Il parla sans fard de sa blessure et s'en déclara entièrement remis.

– Tu vas réintégrer le régiment, je suppose? demanda Blake.

– Je ne suis pas encore décidé, répliqua Nick. Que me conseilleriez-vous, Muriel?

La question était inattendue, mais elle sut y répondre du tac au tac :

– Je ne vous conseillerais certainement pas de démissionner.

Le front de Nick se plissa d'étonnement.

– Peut-on vous demander pourquoi?

– Parce que si vous renonciez à l'armée, vous ne seriez plus rien. Si on vous ôtait l'occasion de tuer, vous cesseriez tout bonnement d'exister.

Le rire avec lequel Nick accueillit cette déclaration sans ambages sonna de façon insupportable aux oreilles de Muriel. Elle n'y entendit que cruauté délibérée.

Nick se tourna alors vers Olga.

– Emmène Muriel faire un tour au jardin. Elle ne l'a pas entièrement visité.

Olga sortit à regret. Dans le clair soleil de juin, elles descendirent vers les bosquets qui se dressaient au delà des pelouses.

Soudain, une main se glissa sous le bras de Muriel et les yeux gris d'Olga, emplis d'affection mais un peu tristes, se levèrent vers les siens.

– Muriel, murmura-t-elle, vous... vous n'aimez donc pas Nick?

– L'aimer! L'aimer! bégaya-t-elle. Pourquoi cette question?

– Parce que... oh! ne soyez pas fâchée... mais vous l'avez tellement blessé pendant le déjeuner!

– Le blesser, lui! s'emporta Muriel avant de se ressaisir et d'éclater de rire. Ma chère petite, même si j'essayais, je n'y parviendrais pas.

Eût-elle entendu la conversation qui suivit son départ qu'elle aurait été mieux éclairée sur ce point.

Dès que Grange eut terminé son café, Nick lui proposa, en effet, de passer dans la bibliothèque. Là, il le fit asseoir dans un fauteuil. Grange le regardait, mal à l'aise. L'ombre d'un sourire démoniaque retroussait le coin des lèvres de Nick.

– Eh bien, je te souhaite du plaisir! dit-il, désinvolte.

– Merci, répliqua Grange sans enthousiasme.

– Vous allez vous marier avant de reprendre le bateau?

– Je ne crois pas, grommela Grange, de mauvaise grâce.

– Pourquoi ça? s'étonna Nick.

– Muriel ne veut pas se marier avant la fin de son deuil, expliqua Grange. Et je suis disposé à l'attendre le temps qu'il faudra.

– Toi, alors, tu n'es vraiment pas difficile à satisfaire! répondit Nick. Et permets-moi de te dire – au cas où tu l'ignorerais – qu'il n'est pas une femme au monde qui apprécie cette sorte de patience.

Grange n'avait pas l'air de considérer Nick comme particulièrement qualifié pour lui donner des conseils sur ce point. Au bout d'un moment, Nick comprit son attitude et rit à gorge déployée.

– Oui, dis-le, mon vieux! C'est exact, d'un certain point de vue. Mais ne t'est-il jamais venu à l'esprit que j'avais un handicap terrible au départ? Ne te rappelles-tu pas que j'ai entrepris la tâche devant laquelle tu t'es dégonflé? Ou bien est-il possible que tu te représentes les choses sous un jour plus avantageux pour toi?

Grange ne levant pas les yeux, Nick usa soudain d'un ton différent, très tendu :

– Après tout, peu importe la façon dont tu vois les choses. La vérité demeure. A ce moment-là, tu ne l'aimais pas. Si tu l'avais aimée, tu aurais été prêt – comme je l'étais – à la tuer éventuellement de tes propres mains... Depuis lors, son bien-être a été mon unique souci. Et – prends-y garde! – je ne la laisserai partir qu'avec l'homme qui saura la rendre heureuse. Epouse-la si tu l'aimes. Sinon, quitte-la.

Nick tendit la main à l'homme assis en face de lui.

– Je parle comme un fou, reprit-il, à nouveau désinvolte. Rien de neuf, me diras-tu. Mais, uniquement pour ma propre satisfaction – elle me déteste tant! – mets ta main dans la mienne et jure que tu chercheras à la rendre heureuse. Je ne t'importunerai jamais plus ainsi. J'ai dit tout ce que j'avais à dire.

Blake resta silencieux quelques secondes.

Nick attendait.

– Je le jure, dit enfin Blake d'une voix basse et sans oser regarder Nick dans les yeux.

Ils sortirent tous deux sur la vaste pelouse et descendirent vers un pavillon situé au bord de la falaise surplombant la mer. Muriel et Olga étaient assises sur l'herbe.

– Regarde, Olga, un aigle! Tu le vois? Juste au-dessus du cèdre! cria soudain Nick.

Tous regardèrent l'oiseau qui planait en cercles concentriques. Plusieurs secondes s'écoulèrent. Soudain, vif comme l'éclair, l'oiseau s'abattit sur sa proie. Et Nick cria un « houp! » féroce en signe d'acclamation.

Muriel eut un sursaut et lui jeta un coup d'œil. L'espace d'un instant, leurs regards se croisèrent. Puis, tremblante, elle se détourna.

Lorsque, enfin, les visiteurs se remirent en selle, ils quittèrent un Nick qui leur souriait de toutes ses dents, leur criait un joyeux « au revoir! » sur le seuil de sa demeure et n'avait jamais paru de meilleure humeur.

Ils avaient couvert plus de la moitié du chemin quand Muriel, rompant un long silence, s'exclama en se tournant vers son compagnon :

– Blake, je suis prête à vous épouser aussitôt que vous le souhaiterez!

5

Muriel vit très peu son fiancé pendant les semaines qui suivirent leur visite à Redlands : il n'y avait pas de place pour le loger dans le cottage de Brethaven où les deux jeunes femmes avaient établi leurs quartiers d'été; en outre, Blake avait nombre de visites à rendre avant la fin de sa permission, qui se terminait en septembre.

Un changement s'était opéré chez Daisy, ces derniers temps, que Muriel percevait très clairement. Il semblait dater de l'arrivée de Nick, bien qu'elle ne puisse à coup sûr voir la relation de cause à effet. Quoi qu'il en soit, Daisy devenait chaque jour plus robuste et plus active. Elle ne faisait jamais allusion à son bébé, et très rarement à son mari. Quand ses lettres arrivaient, elle les mettait invariablement de côté après leur avoir jeté un vague coup d'œil.

Nick avait coutume d'apparaître au cottage les jours de courrier pour avoir des nouvelles de Will. Ayant découvert cette habitude, Muriel s'en absentait tout aussi régulièrement. Ainsi se rencontraient-ils fort peu.

La Saint-Jean passa et un mois de juillet torride

s'annonçait. Le Dr Ratcliffe, sa femme et ses fils étaient partis pour la Suisse. Nick et Olga avaient choisi de rester à Redlands.

Daisy reçut d'une vieille amie une invitation pressante à aller faire du bateau sur les lacs du Norfolk. Son premier mouvement fut de refuser, mais Muriel insista.

– C'est exactement ce qu'il vous faut, déclara-t-elle. Brethaven a rempli son office. Une bonne dose d'air plus vif sera maintenant du meilleur effet.

Elle batailla tant et si bien que Daisy partit pour le Norfolk, l'abandonnant à elle-même.

La chaleur fut si forte, pendant ces premiers jours de solitude, que Muriel ne sortit guère. Et cette canicule finit par provoquer, un beau soir, un orage furieux.

Pendant une bonne demi-heure, Muriel resta près de la petite porte-fenêtre du salon, à contempler la mer agitée par la tempête. Il n'avait pas encore commencé de pleuvoir mais on sentait l'orage approcher. Partout régnait un sentiment d'attente.

Il arriva enfin de façon soudaine. Le ciel entier sembla se déchirer et le grondement du tonnerre fut si violent qu'elle eut l'impression qu'un obus explosait à ses pieds.

Puis, comme le tonnerre s'éloignait, les nues s'ouvrirent et l'orage s'abattit.

Dans la minute qui suivit, Muriel fit un bond en arrière en poussant un hurlement de terreur. Un visage – un visage ridé qu'elle ne connaissait que trop bien – était collé contre la vitre et regardait le sien.

Elle revint à elle lentement, le cœur frémissant,

éprouvant une sensation plus horrible que tout ce qu'elle avait connu depuis son évasion du fort assiégé.

Mais il lui fallait vaincre ce sentiment d'horreur, elle devait retourner à la porte-fenêtre et l'ouvrir à l'homme qui attendait là.

Blême, elle défit le loquet. En un rien de temps, il fut dans la pièce, cheveux ruisselants, trempé de la tête aux pieds.

– Olga est très malade, lança-t-il, et elle insiste pour vous avoir près d'elle. Aurez-vous le courage de venir?

Il n'avait, manifestement, pas la moindre intention de la laisser refuser.

– Qu'a-t-elle? demanda Muriel.

– Je l'ignore. Sans doute une insolation. J'ai envoyé un domestique en automobile chercher le remplaçant de Jim. J'aurais dû venir vous prendre avec la carriole, mais je ne pouvais faire confiance à un cheval par ce temps.

– Vous l'avez laissée seule?

– Je n'avais pas le choix.

Un épouvantable coup de tonnerre retentit. Avant même que le grondement ne se fût éloigné, Muriel fit à Nick un signe rapide et disparut dans sa chambre. Lorsqu'elle revint, prête à sortir, toute trace de peur l'avait abandonnée.

La bourrasque les happa au moment même où ils mettaient le pied dehors, les jetant presque à terre. Instinctivement, Muriel agrippa son compagnon qui lui prit la main dans la sienne. Ce contact avait quelque chose de rassurant.

Bien que le déluge continuât, l'orage commençait à se calmer lorsqu'ils atteignirent Redlands. Mais quand elle vit enfin les lumières de la maison briller dans la nuit, Muriel n'en poussa pas moins un soupir de soulagement.

– Bravo! la félicita Nick. Vous êtes encore la digne fille de votre père.

Après avoir ouvert la porte, il s'effaça pour la laisser passer et la précéda dans l'escalier jusqu'à la porte d'Olga.

– Elle vous attend, chuchota-t-il. Dites-lui que j'arrive dans une minute.

L'enfant gisait, recroquevillée, les cheveux en désordre sur son visage cramoisi. Bien que les mains que Muriel tenait fussent brûlantes, elle claquait des dents.

– Je me sens mal, murmura-t-elle, si mal...

Peu après, Nick entra sans bruit, les pieds chaussés de pantoufles. Mais Olga l'entendit et se redressa aussitôt, bras tendus.

– Oncle Nick, j'ai besoin de vous! Je crois que je vais mourir. Ne me laissez pas mourir, oncle Nick!

Nick s'assit sur le lit et Olga se pelotonna contre lui en soupirant, réconfortée, avant de sombrer dans un demi-sommeil agité.

Toute son attention concentrée sur l'enfant, Nick semblait avoir totalement oublié la présence de Muriel.

Soudain, il tourna la tête et la regarda droit dans les yeux. Cela n'avait duré qu'un instant mais, pour elle, ce fut comme si, par le truchement de ce regard d'une rare intensité, il s'était enfin exprimé, comme si, pour la première fois, il avait émis une protestation, violente, passionnée, contre le jugement injuste qu'elle portait sur lui.

Et à nouveau, au plus profond de son âme, s'éveilla ce sentiment à la fois trouble et enivrant dont elle ignorait la signification – ce sentiment qui s'exaltait, ne demandant qu'à atteindre le niveau de sa conscience.

La consternation l'envahit soudain. Etait-il donc possible qu'elle se soit méprise sur le compte de cet homme?

Le lendemain matin, ils apprirent avec horreur qu'Olga avait la scarlatine.

Nick accueillit la nouvelle d'une façon qui ne lui ressemblait guère. Pour la première fois, Muriel lut le désarroi sur son visage jaunâtre.

– Bon Dieu! jura-t-il. Quel imbécile, quel criminel je suis!

– Si vous pensez à moi, le rassura Muriel, je l'ai déjà eue.

Il fut convenu avec le médecin que Muriel s'installerait au chevet de la jeune malade et qu'une infirmière viendrait la seconder.

Plus tard dans la journée, elle rencontra Nick qui montait à pas de loup pour aller jeter un coup d'œil sur Olga.

– Comment va-t-elle? demanda-t-il.

– Elle a beaucoup de fièvre, et elle souffre énormément.

Il voulut pousser la porte de la chambre, mais Muriel posa la main sur son bras.

– Nick! implora-t-elle, n'entrez pas, je vous en prie! N'entrez pas!

– Pourquoi? demanda-t-il, s'arrêtant net.

– Supposez que je ne l'aie pas eue, qu'auriez-vous fait?

– Je vous aurais rembarquée au cottage, et en vitesse! répondit-il aussitôt.

C'était la réponse qu'elle souhaitait. Elle en profita:

– Eh bien, dites-moi pourquoi vous vous faites tant de souci à mon sujet.

Pivotant sur ses talons, il lui fit face. Ses paupières battaient plus rapidement encore qu'à l'accoutumée.

– Vous m'avez déjà posé une fois cette question, dit-il. Et, pour ne pas vous braquer, je n'y ai pas répondu. Vous voulez vraiment une réponse, aujourd'hui ?

Elle se tut, se rappelant que toute discussion avec Nick se révélait toujours vaine – sinon pire.

La quatrième nuit, Olga se mit à délirer et Muriel se réjouit à part soi de n'avoir pas été capable d'éloigner Nick, car l'ascendant qu'il avait sur l'enfant faisait merveille.

Le lendemain, le médecin conseilla à Muriel de se reposer dans la chambre voisine tandis que Nick et l'infirmière veilleraient tour à tour.

Plus lasse qu'elle n'en avait conscience, elle sombra dans un profond sommeil.

Ce fut Nick qui la réveilla, et elle comprit à sa mine que ce qu'ils avaient tous redouté sans le dire était passé fort près.

– L'infirmière estime que vous devez aller voir la petite, se contenta-t-il de dire.

Adossée à une pile d'oreillers, Olga respirait par saccades. Muriel saisit la petite main qu'une semaine à peine de maladie était parvenue à amaigrir.

– Là, ma chérie, n'essaye pas de parler. Cela te fait trop mal. Nous sommes là, tous les deux, Nick et moi.

Mais Olga avait apparemment quelque chose d'important à confier, qui ne pouvait attendre. Avec une difficulté extrême elle força sa voix rauque.

– Muriel, murmura-t-elle entre ses lèvres desséchées, il y a quelque chose que... qu'il faut que vous sachiez... à propos d'oncle Nick.

Muriel sentit le sang lui marteler les tempes.

– Oui..., quoi?

– Vous vous rappelez... le jour, sur la falaise, quand vous êtes venue pour la première fois? Vous étiez avec votre... votre fiancé, le... le...

– Tu veux dire le capitaine Grange?

– Oui, oui, c'est ça. Et, Muriel... oh! si vous saviez... Oncle Nick a été très malheureux, après votre départ. Et tard... tard cette nuit-là, je me suis réveillée... et je suis descendue sans bruit le voir, en bas... dans la bibliothèque. Il avait la tête sur son bureau... comme si... comme s'il était en train de pleurer. Oh! Muriel...

Un hoquet interrompit le chuchotis pathétique.

– Je suis allée vers lui... et je lui ai demandé ce qu'il avait. Et il... il a levé les yeux avec cette drôle d'expression qu'il prend souvent, vous savez... et il a simplement dit : « Oh! ça va. J'ai mordu la poussière toute la journée, c'est tout. Et c'est bien sec pour un homme qui a soif. » Il pensait... que je ne comprendrais pas ce qu'il voulait dire. Mais j'ai compris, Muriel. Et depuis, j'ai toujours voulu vous le dire. Mais... vous ne me laissiez pas faire. S'il avait mal... tellement mal... c'est parce que vous n'aviez pas été gentille avec lui. Oh! Muriel, voudriez-vous ... voudriez-vous essayer d'être gentille avec lui, maintenant? Je vous en prie! S'il vous plaît...

Muriel regarda tendrement l'enfant.

– Je ne serai plus jamais méchante avec lui, promit-elle avec une infinie douceur.

Lentement, les heures commencèrent à s'égrener.

Muriel, dont c'était le tour de veille, prêtait une oreille attentive à la respiration sifflante de la petite malade, guettait, tendue, les crispations de douleur qui secouaient la tête blonde reposant sur son sein.

Bientôt, elle n'entendit plus rien – rien que son propre cœur qui battait la chamade, passant de la peur au doute, de l'angoisse au désespoir.

Elle n'aurait su dire depuis combien de temps elle demeurait ainsi immobile, le corps amaigri de la fillette recroquevillé entre ses bras.

La chambre s'assombrit. Le monde avait disparu. Plus tard, elle perçut un léger mouvement.

Beaucoup plus tard encore, elle entendit de vagues murmures au-dessus de sa tête, et un bras, comme un ressort d'acier, l'enlaça. Quelqu'un lui enleva avec douceur son fardeau et elle perçut un faible murmure, tel celui d'un enfant dans son sommeil.

La portant à demi, Nick la fit sortir de la chambre. Il l'aida à s'installer dans un fauteuil et l'aurait laissée seule si elle ne s'était accrochée à lui.

– Oh! Nick... Dites-moi la vérité! Je vous en prie, Nick! Je vous en supplie!

Il tomba à genoux à côté d'elle, le visage illuminé par la lumière du matin.

– Olga va vivre, dit-il. Je crois que vous lui avez sauvé la vie. Elle n'a cessé de dormir depuis le lever du soleil.

Muriel poussa un petit cri de soulagement et se cacha le visage. Nick se releva aussitôt. Elle entendit son pas léger franchir le seuil et s'endormit bientôt comme une masse.

Il était tard dans l'après-midi quand elle se

réveilla avec l'impression vague qu'on la regardait.

– Ne sursautez pas comme cela! dit une grosse voix bougonne. Rallongez-vous immédiatement. Vous ne devez pas vous lever avant demain matin.

Avec un éclat de rire saccadé, elle découvrit le Dr Ratcliffe assis à côté d'elle, sourcils froncés.

– Olga va beaucoup mieux et n'a pas besoin de vous.

– Et Nick?

Ce furent les premiers mots qui lui vinrent à l'esprit. Elle les prononça en hâte, le rouge aux joues.

Le froncement de sourcils de Jim Ratcliffe s'accentua.

– Inutile de vous soucier de Nick. Il est parti faire une promenade à cheval.

– Ne puis-je me lever pour le dîner?

Elle n'aurait su dire pourquoi elle le souhaitait, et fut vraiment surprise lorsque Jim accepta.

– Si vous voulez. Vous n'en dormirez sans doute que mieux. Mais pas de bêtises, hein, Muriel! Dorénavant, vous allez marcher droit!

Muriel acquiesça d'un sourire. Elle sentait que tout irait bien, maintenant que Jim était revenu prendre la direction des opérations.

Rentré seul de Suisse, il avait l'intention de terminer ses vacances sous le toit de Nick. Il le lui expliqua avant de la remercier, d'un ton bourru, d'avoir pris soin de sa fillette. Puis il se retira.

Lorsqu'elle se leva, elle se repentit presque de sa décision : elle ne s'était jamais sentie aussi totalement épuisée depuis son séjour à Simla. Elle en eut d'autant plus de plaisir à prendre la tasse de thé que le Dr Ratcliffe lui fit envoyer avant qu'elle ne quittât sa chambre.

Plus tard, assise près de la fenêtre, elle entendit les pas d'un cheval dans l'allée et vit apparaître Nick.

Il s'arrêta sous sa fenêtre et lui adressa un de ces sourires arrogants, sûrs de soi, dont il avait le secret.

– Muriel, voudriez-vous descendre au jardin?

Elle lui rendit son sourire, consciente de son étrange désir de lui plaire. Les paroles d'Olga lui trottaient dans la tête : Il avait mordu la poussière... Pourtant, elle hésita encore.

– Accepterez-vous de m'attendre?

– Jusqu'à la fin des temps! répondit-il, galant.

Incapable de résister davantage – et le sourire aux lèvres –, elle le rejoignit dans l'allée.

Une fois passée la phase critique de la maladie, Olga se rétablit plus rapidement encore que son père ne l'avait prévu. Et, à la demande expresse de la fillette, Muriel consentit à rester à Redlands. Rien, du reste, ne l'appelait ailleurs : Daisy avait écrit qu'elle retardait son retour au cottage. Quant à Blake, il était en Ecosse.

La jeune fille se retrouva ainsi confiée aux mains de Jim Ratcliffe – situation qui ne semblait pas déplaire à ce dernier. Elle le vit beaucoup plus que Nick qui semblait avoir totalement délégué à son frère ses devoirs d'hôte.

Bien qu'ils se rencontrassent tous les jours, ils se trouvaient rarement seuls ensemble et elle commença à avoir l'impression que l'attitude de Nick à son égard s'était modifiée. Il se montrait toujours amical, mais sans plus. Et rien dans son comportement ne laissait soupçonner les liens qui avaient autrefois existé entre eux.

Sa femme regagnant l'Angleterre avec les garçons, le Dr Ratcliffe décida de ramener Olga chez eux dès que la quarantaine serait finie. Avec une gentillesse toute paternelle, il insista pour que Muriel les accompagne.

Ainsi, pour le plus grand plaisir d'Olga, céda-t-elle aux prières du médecin. Et, l'après-midi précédant le départ, elle descendit à pied jusqu'au cottage pour y faire ses valises.

C'était une de ces journées de la mi-septembre où la campagne se pare de toutes les nuances de l'or et du roux, et, une fois sa tâche terminée, elle s'attarda un moment sur la grève.

Un galet lui siffla aux oreilles avant d'aller ricocher sur les vagues. Il retint son attention comme s'il était vivant. Elle se retourna aussitôt, prête à invectiver l'importun, mais son expression de fureur se mua en sourire de bienvenue.

Nick s'était approché en catimini. Elle l'accueillit avec un plaisir non feint.

– Je vous fais mes adieux, lui dit-elle. Je suppose que je ne reviendrai jamais ici.

– Pas même pour me voir?

– Vous allez vivre ici? demanda-t-elle, surprise.

– Oh! j'imagine. En tout cas, dès que je serai marié.

– Vous allez... vous marier? laissa-t-elle échapper malgré elle.

Il lui sourit de toutes ses dents.

– Je vous retourne la question : Suis-je un homme à vivre seul?

Elle éprouva un bizarre sentiment de soulagement.

– Mais vous n'êtes pas seul, fit-elle remarquer. Vous avez de la famille.

– Considéreriez-vous le mariage comme un pis-aller? demanda Nick.

Elle rougit et tourna son visage vers la mer.

– Je ne crois pas qu'un homme doive se marier à moins de... à moins d'aimer vraiment, dit-elle en s'efforçant de garder un ton impersonnel.

– Précisément, dit-il en s'approchant d'elle. Mais cette remarque ne s'applique-t-elle pas aussi bien aux femmes? Au fait, aurai-je le plaisir de danser le jour de vos noces?

Malgré elle, ses joues s'enflammèrent. Il attendait une réponse, elle tomba enfin :

– Si vous estimez que cela en vaut la peine.

– Pour vous voir heureuse, je reviendrais du bout du monde.

Elle détourna son visage.

– Vous êtes très gentil.

– Vous le pensez sincèrement? railla-t-il. C'est bien la première fois que vous m'accusez d'un crime pareil!

Elle ne répondit pas. Eût-elle su quoi dire qu'elle en aurait été incapable. Elle avait la gorge serrée. Elle devait être fatiguée. C'était de la fatigue physique, sans aucun doute, mais qui lui faisait éprouver un désir presque insurmontable d'éclater en sanglots, comme un enfant.

Nick la laissa marcher seule le long du rivage et elle s'assit au soleil.

Etait-il vraiment aussi gai qu'il en avait l'air ou faisait-il simplement contre mauvaise fortune bon cœur?

Elle repensa à son prochain mariage. Elle avait reçu une lettre de Blake, ce jour-là, lui exposant d'abondance ses divers projets. Il n'y faisait pas allusion à leur union si ce n'est – peut-être! – dans sa conclusion : *Nous pourrons reparler de tout lorsque nous nous reverrons.*

La vie avec Blake n'offrait pas de perspectives bien passionnantes... Elle poussa un profond soupir.

– Dois-je vous dire ce qui ne va pas? interrogea Nick.

Elle sursauta violemment et le découvrit, appuyé contre le rocher plat sur lequel elle était assise. Ses yeux étincelaient. Et elle eut l'impression qu'il se retenait de rire.

– Désolé de vous avoir fait bondir, dit-il. Vous devriez être habituée à moi, depuis le temps. En tout cas, vous n'avez pas besoin d'avoir peur. On m'a supprimé mon venin, il y a de ça longtemps.

Elle se tourna vers lui dans un élan soudain et inconsidéré.

– Oh! Nick... Je me dis parfois que j'ai été bien bête.

– Cette évidence devait vous frapper tôt ou tard, acquiesça-t-il.

Elle rit malgré elle, les yeux pleins de larmes.

– Cela ne me réconforte guère.

– Je n'ai aucun réconfort à vous offrir, dit Nick. Pas dans l'état actuel des choses. Je peux, en revanche, vous donner des conseils – que vous refuserez de suivre, bien entendu.

– Abandonnons mes problèmes, dit-elle. Parlez-moi de vous. Quels sont vos projets?

Nick écarquilla les yeux.

– Je croyais que j'allais à votre mariage! C'est tout ce que j'ai comme projet pour le moment.

Elle eut un geste d'impatience.

– Ne pensez-vous jamais à l'avenir?

– Pas en votre présence, répondit Nick en riant. Je pense à vous, à vous, et rien qu'à vous. Vous l'ignoriez?

Elle se détourna sans répondre. La torturait-il délibérément?

– Nick, pourquoi me traitez-vous toujours ainsi? murmura-t-elle après un long silence. Ne serez-vous jamais sincère avec moi?

Il y avait plus de douleur que de reproche dans ces paroles prononcées d'une voix grave et infiniment triste.

Mais Nick la regarda à peine, occupé qu'il était à arracher des touffes d'algues séchées du rocher où il s'appuyait.

– Ma chère petite, comment pourrais-je être sincère avec vous... alors que vous n'êtes même pas honnête avec vous-même?

– Que voulez-vous dire?

– Vous voulez vraiment le savoir?

– Evidemment! dit-elle avec assurance.

Son ancienne sensation de peur la prenait à la gorge, mais elle n'y céderait pas. C'était maintenant ou jamais qu'elle aurait une réponse à l'énigme. Elle connaîtrait la vérité, quel qu'en fût le prix.

– Voici ce que je veux dire, décréta Nick. Oh! vous ne voudrez pas l'admettre, bien sûr... mais vous trichez, et vous avez peur d'arrêter. Vous êtes déloyale, Muriel. C'est pourquoi tout ce qui vous entoure est un tel gâchis. L'homme que vous allez épouser n'est pas le bon, et vous le savez fort bien.

Muette, elle se mit à forer de petits trous dans le sable. Elle n'avait rien à répondre à cette condamnation sans appel.

– Et maintenant, poursuivit Nick, je vais vous dire pourquoi vous agissez ainsi.

Elle sursauta, les joues en feu.

– Je crois que cela suffit, Nick. Il... il se fait tard, ne trouvez-vous pas?

Il haussa les épaules.

– Je savais que vous auriez peur de regarder la vérité en face. C'est plus facile de continuer à tricher, non?

Les yeux de Muriel brillèrent un instant. Il avait touché une corde sensible.

– Très bien, déclara-t-elle avec hauteur. Racontez ce qui vous chante. Cela m'est égal. Mais dites-vous bien que je réfute toutes vos théories fumeuses.

Le sourire de Nick, fugitif comme un lutin, lui passa sur le visage et s'en fut.

– Je ne m'attendais à rien d'autre de votre part, décréta-t-il. Vous préféreriez mourir que de l'admettre – pour la bonne raison qu'il vous serait infiniment plus facile de mourir. Vous vous jouerez la comédie à vous-même, vous la jouerez à Grange, vous me la jouerez à moi... tout ça plutôt que de laisser tomber ce misérable petit lambeau d'orgueil qui vous a poussée à rompre nos fiançailles. Je ne vous en ai pas blâmée, à l'époque. Vous n'étiez qu'une enfant. Vous n'aviez pas compris. Mais cette excuse ne peut plus vous servir maintenant. Vous êtes une femme, et n'ignorez plus ce qu'est l'amour. Certes, vous ne l'appelez pas par son nom, mais c'est un sentiment que vous connaissez.

– Vous... vous ne savez pas ce que vous dites, l'interrompit-elle d'une voix très basse.

– Et voilà! dit-il en sautant sur ses pieds. C'est ainsi que vous allez vous abuser jusqu'à la fin de vos jours. C'est là un comportement bien féminin. Mais croyez-moi : toute votre vie... (Sa voix vibra soudain et ses yeux s'emflammèrent.) Oui, toute votre vie, vous vous souviendrez qu'un jour je vous ai appartenu corps et âme, que vous étiez libre de me prendre ou de me rejeter. Et – vous aviez pourtant envie de moi, à l'époque –, vous avez choisi de me rejeter.

Il lui lança ces mots à la figure avec sauvagerie. Il ne feignait plus la désinvolture, maintenant. Il était foncièrement, implacablement sincère. Son visage parcheminé luisait d'un éclat profond. On l'eût dit tout entier électrisé par la passion.

Les yeux exorbités, Muriel le contemplait comme on contemple un cataclysme. Que... que lui avait-il donc dit au juste? Paralysante, l'ancienne peur tambourinait aux portes de son cœur.

Il ne la quittait pas des yeux, elle le savait. Et au bout de quelques instants, elle prit sur elle de planter son regard dans le sien. Elle eut l'impression d'être brûlée vive mais ne voulut pas reculer.

Redressant la tête, elle l'affronta avec un petit rire tremblé – assez courageux en soi mais qui sonnait de bien pitoyable manière.

– Bien qu'il m'arrive encore assez souvent de vous trouver amusant, vous n'êtes plus aussi malin que vous l'étiez, Nick, lui dit-elle sans parvenir toutefois à contrôler le frémissement de ses lèvres. Blake m'a dit un jour que vous aviez les yeux d'un charmeur de serpents. Est-ce vrai? Je me le demande... Quoi qu'il en soit, ces yeux ne me charment pas.

D'un geste brusque de la main, il tenta de masquer la souffrance qui lui déformait le visage.

– Je n'ai jamais essayé de vous charmer, dit-il

d'une voix peu familière et comme étranglée. Je me suis contenté de vous aimer.

Dans le silence qui suivit, il s'éloigna peu à peu, sans bruit, sur le sable.

6

Il ne fallut pas longtemps au Dr Ratcliffe pour s'apercevoir qu'un certain trouble agitait l'esprit de sa jeune invitée. Il ne fut donc pas surpris de la voir entrer, un soir, dans son cabinet de consultation.

– Je voudrais vous parler, dit-elle. Cela vous dérange-t-il beaucoup?

Le médecin resta muet un instant. Mais lorsqu'il prit le poignet de Muriel entre ses doigts, elle eut un mouvement de défense instinctif.

– Restez tranquille, ordonna-t-il. Quelle est la raison de cette nervosité absurde?

– Ne cherchez pas trop loin, docteur, l'implora-t-elle tandis que ses lèvres tremblaient un peu. Je ne suis pas très heureuse en ce moment.

– Pourquoi ne me dites-vous pas ce qui ne va pas? bougonna-t-il.

– La vérité, c'est que... je ne veux pas aller aux Indes. Je... je ne veux pas me marier. Pas me marier... du tout...

Sa phrase s'acheva dans un déluge de larmes.

– Depuis que papa est mort, sanglota-t-elle, je n'ai fait que des erreurs...

– Si vous êtes sûre que vous n'avez aucun penchant pour ce garçon, votre devoir est très clair, dit Jim Ratcliffe avec fermeté.

– Ce n'est pas aussi simple, docteur. Vous comprenez, ce n'est pas comme si... comme si nous nous étions imaginé que... que nous nous aimions.

Jim écarquilla les yeux.

– C'est aussi grave que cela?

Elle appuya son menton sur sa main.

– Je suis sûre qu'il y a des tas de gens qui se marient sans être jamais amoureux.

– Oui, dit Jim sèchement. Et ils créent ainsi leur propre enfer. Je ne l'ai que trop souvent constaté. C'est la source d'une bonne moitié des malheurs de l'humanité. Mais vous n'agirez pas de la sorte, Muriel. Je vous connais trop bien.

– Me connaissez-vous vraiment? Si vous m'aviez si bien connue, vous ne vous seriez pas attendu à ce que j'accepte sa demande en mariage!

– Tout dépend de la raison qui vous a poussée à l'accepter, dit-il gentiment.

– Cette raison, c'est... la peur.

– Et cette peur, existe-t-elle toujours?

– Oui, répondit-elle en baissant la tête.

– Voudriez-vous me laisser vous confier ce que je sais?

Elle se rétracta quelque peu.

– Si... si vous faites en sorte que cela ne me soit pas trop pénible.

– Je ne garantis rien, répliqua-t-il. Cela ne dépend que de vous. Voilà : je connais un homme qui donnerait tout au monde pour vous rendre heureuse, et que vous n'avez pas plus de raisons de craindre que je ne redoute les Martiens.

Il marqua un temps d'arrêt, mais Muriel n'ouvrit pas la bouche.

– Pour étayer mon propos, poursuivit-il, je vais ajouter quelques détails que vous ignorez, j'en suis sûr. Cet homme a déjà sacrifié plus que la plupart de ses congénères se soucieraient de risquer pour une cause incertaine. C'est pour vous fuir qu'il a participé à cette expédition punitive sur les ruines de Fort Wara où il a laissé un bras. C'est pour ne pas vous importuner en Angleterre, vous sachant ici, qu'il est resté aux Indes envers et contre tous... aux Indes où il a manqué laisser plus qu'un bras, cette fois, mais bel et bien sa vie. Il n'a d'ailleurs pas fini de payer, en souffrances, le prix de sa folie suicidaire, car...

Muriel s'était redressée avec un regard si tragique qu'il comprit qu'il en avait assez dit.

– Oh! croyez-vous vraiment ce que vous racontez? cria-t-elle comme une femme à qui on arrache le cœur. Il n'a sûrement... sûrement pas fait cela... pour moi!

Il vit que son menton frémissait.

– Allons, conclut-il enfin, je ne voulais pas vous affliger avec ces vilaines histoires, vous savez, mais simplement calmer vos craintes, afin que vous puissiez dormir plus facilement.

Il l'accompagna jusqu'à la porte.

– Vous n'allez pas rester éveillée à remâcher tout cela, n'est-ce pas?

Elle secoua la tête.

– Non, murmura-t-elle. Bonne nuit.

Le Dr Ratcliffe retourna s'asseoir à sa table.

« Non, mon vieux Nick, se dit-il, elle ne restera pas éveillée à penser à toi. Mais elle va verser tant de larmes qu'elle finira par s'endormir, épuisée, en rêvant de toi. Et l'amour refleurira avant la fin de la semaine, ou que le diable m'emporte! »

La tempête qui fit rage le long des côtes britanniques cet automne-là fut la plus violente que l'on eût connue depuis des années.

Le troisième jour, Nick fut prévenu qu'un glissement de terrain avait eu lieu dans son domaine. Et le vent soufflait en bourrasques lorsqu'il sortit constater l'ampleur des dégâts.

Il chemina avec peine jusqu'au petit pavillon qui dominait le rivage, s'étonnant de le trouver encore debout.

Mais au delà s'ouvrait une faille béante. Le gazon parsemé de pâquerettes où ils s'étaient assis ce fameux après-midi, il y avait maintenant de longues semaines, avait disparu.

Abrité à l'angle du pavillon, Nick regarda les mouvements furieux de l'océan en colère. C'était un spectacle splendide et, le visage offert aux rafales de vent et de pluie, il resta un bon moment, perdu dans la contemplation de cette mer démontée sur laquelle nulle embarcation n'eût osé s'aventurer.

Il tournait les talons lorsqu'il s'arrêta pour fixer attentivement un groupe de rochers à plus de soixante mètres en contrebas.

Deux silhouettes étroitement enlacées s'en détachaient pour se diriger vers la sente par laquelle on remontait vers le village.

Quelque chose dans la démarche de l'homme retint son attention. Nick ne pouvait voir ses traits, mais la carrure athlétique lui était familière.

Soudain, la femme leva son visage et, dans un élan passionné, entoura de ses bras le cou de son compagnon.

Nick rentra chez lui sans s'attarder davantage et passa les deux heures qui suivirent à arpenter sa bibliothèque comme un fauve en cage. Enfin, il s'assit à son secrétaire, griffonna un mot et sonna son domestique.

– Portez ce pli au capitaine Grange. Je suppose qu'il est descendu à l'auberge.

Et il se remit à arpenter son antre pour ne s'arrêter qu'avec le retour de son messager.

– Le capitaine Grange envoie cette réponse.

Nick se saisit du pli qu'il ouvrit avec ses dents.

Cher Ratcliffe,

Si je peux aller te voir par cette tempête dévastatrice, je n'y manquerai pas. Attends-moi à 8 heures.

Bien à toi,
B. Grange.

A 8 heures précises, Nick rôdait dans l'entrée, mais son hôte se présenta avec un bon quart d'heure de retard.

– Je suis heureux que tu aies réussi à venir, dit Nick, accueillant.

– Pourquoi voulais-tu me voir? demanda Grange.

– Pour le plaisir de ta compagnie, évidemment!

Ils passèrent dans la bibliothèque. Grange alla s'asseoir au coin du feu. Nick ferma la porte, se jeta dans un fauteuil et soudain, sans bouger, se mit à parler, les yeux fermés.

– Pour en venir au fait, je vous ai vus sur la plage cet après-midi, Daisy Musgrave et toi.

– Quoi? s'exclama Grange en agrippant les bras de son fauteuil.

– Je te répète que je vous ai vus sur la plage, Daisy Musgrave et toi. Je ne la savais d'ailleurs pas de retour à son cottage. Elle n'a même pas jugé bon d'en prévenir Muriel. Et j'ignorais encore bien davantage que tu l'avais suivie.

Nick regarda Grange au fond des yeux.

– Qu'as-tu l'intention de faire? demanda-t-il.

La grande carcasse de Grange s'affaissa quelque peu.

– Faire! répéta-t-il avec lassitude. Rien.

– Rien? s'exclama Nick. Te rappelles-tu une conversation que nous avons eue ici même il y a quelques mois? Cela concernait tes fiançailles avec Muriel Roscoe. Tu as peut-être oublié?

– Non, je n'ai pas oublié.

– Alors, dit Nick, je te le répète : qu'as-tu l'intention de faire?

Le visage de Grange s'assombrit.

– Je ne vois pas pourquoi je ne l'épouserais pas.

– Tu ne vois pas pourquoi! gronda Nick dont les yeux étincelants frappèrent Grange d'un étrange sentiment d'insécurité. Maintenant, écoute-moi bien. Ce qui me préoccupe, c'est d'éviter à Muriel un mariage indigne. Et ça, j'ai l'intention de m'y employer par tous les moyens. Tous, tu m'entends? Je te jure sur tout ce qu'il y a de sacré que je préférerais te savoir mort que marié avec elle.

Avant que Grange n'ait pu placer un mot, Nick poursuivit :

– J'ai toujours su pourquoi elle avait accepté ta demande, tu t'en doutes.

– Oui, répliqua Grange, la rage au cœur. Pour t'échapper.

Les yeux de Nick fulgurèrent comme ceux d'une bête sauvage à l'affût.

– Oui, pour m'échapper! Et c'est à moi qu'il revient de la délivrer de son chevaleresque protecteur.

Piqué au vif plus qu'il ne le pouvait supporter,

Grange se tourna vers la porte. Mais Nick restait les yeux fixés sur le feu de bois.

– Je n'en ai pas tout à fait terminé, dit-il calmement.

– Quoi, encore? demanda Grange.

– Tu sais aussi bien que moi que je possède le moyen d'empêcher ton mariage avec Muriel Roscoe et que, ce moyen, je n'hésiterai pas une seconde à l'utiliser, à moins que tu ne renonces à elle de ton propre gré. Tu vas donc immédiatement lui écrire pour lui rendre sa liberté. En contrepartie, je te jure que je renonce moi aussi totalement à elle, que je n'influencerai jamais sa vie en quelque manière que ce soit... à moins que, de sa propre initiative, elle n'indique clairement qu'elle désire qu'il en soit ainsi.

– Il me faut me contenter de ta parole sur ce point?

– Je n'ai rien de mieux à t'offrir.

Le lendemain matin, bien que d'immenses vagues continuassent de s'écraser sur le rivage, à peine moins monstrueuses que celles des jours précédents, la tempête connut une accalmie.

Dans son cottage au-dessus de la plage, Daisy Musgrave était assise à côté de la fenêtre, occupée à écrire. Une enveloppe timbrée aux Indes se trouvait sur la table, à portée de sa main, mais qui n'avait pas été décachetée.

A la vue de la silhouette splendide qui avançait dans l'allée, un sourire illumina son visage, le rendant instantanément beau.

La porte s'ouvrit et elle se tourna sans pour autant se lever.

– Je savais que vous viendriez, Blake! J'ai écrit un

mot à Muriel pour lui expliquer un certain nombre de choses. Vous irez sans doute la voir cet après-midi chez Jim Ratcliffe pour lui annoncer notre arrivée. Voudriez-vous le lui remettre?

Elle lui tendit la lettre, mais il ne fit aucun geste pour la prendre.

– Je crois que vous feriez mieux de la poster, dit-il.

Elle le regarda attentivement.

– Qu'y a-t-il, Blake?

N'obtenant pas de réponse, elle continua à parler, les yeux toujours levés, sans ciller.

– J'ai réfléchi toute la nuit, Blake, et je suis parvenue à la conclusion qu'il nous fallait, une bonne fois pour toutes, en finir avec cette sentimentalité idiote. Le passé est le passé et on ne revient jamais en arrière. Vous devez repartir pour les Indes, moi, j'ai un mari et... et, dans la vie, il faut savoir se contenter de ce qu'on a.

Il eut un geste brusque.

– Daisy..., j'ai rompu mes fiançailles.

Daisy sursauta. Son visage se colora d'un rouge profond qui disparut cependant très vite, la laissant livide, les lèvres blêmes.

– Mais pourquoi, Blake? murmura-t-elle.

– C'est l'œuvre de Nick Ratcliffe, répondit-il, tête baissée. Il m'y a forcé.

– Forcé? Expliquez-vous!

– Il nous a vus ensemble, hier après-midi, et il en a tiré la conclusion que je n'étais pas digne de Muriel.

– Mais, Blake, c'est absurde! C'est idiot! Comment avez-vous pu lui céder?

– Je ne l'aurais pas fait, grommela-t-il, s'il n'avait donné sa parole qu'il n'importunerait jamais plus

Muriel... Elle va me prendre pour un goujat – ce que je suis.

– Non, Blake! s'emporta-t-elle. Ce n'est pas vrai!

Il resta silencieux, gardant la main de Daisy étroitement serrée dans la sienne. Au bout d'un moment, elle essaya de la dégager. Aussitôt, il se tourna et l'enlaça.

– Daisy! s'exclama-t-il avec passion. Je ne peux me passer de vous! C'est impossible! Impossible! J'ai essayé, mais je n'y arrive pas...

Mais Daisy demeurait inerte entre ses bras : si elle ne résistait pas, elle ne s'abandonnait pas non plus.

– Et il en a toujours été de même pour vous, insista-t-il. Vous m'avez toujours désiré plus que...

La main de Daisy se trouvait déjà sur ses lèvres pour le faire taire.

– Ne dites rien, mon chéri. Ne dites rien. Cela nous ferait trop mal à tous deux. Tout ceci est tellement inutile et vain, désormais.

La voix de Daisy vacilla, et elle se tut. Il lui prit la main et la regarda droit dans les yeux avec une détermination nouvelle qui le rendait irrésistible.

– Si c'est devenu inutile et vain, fit-il de sa voix douce, caressante, alors donnez-moi l'ordre de me retirer... et je m'en irai.

Elle essaya de croiser son regard, mais n'y parvint pas.

– C'est ce que... ce que je vais devoir faire, Blake, murmura-t-elle.

– J'attends, lui dit-il, obstiné.

Mais elle garda le silence et, le visage illuminé, il s'en fut sur la pointe des pieds.

Un peu plus tard, elle se rendit dans sa chambre.

Elle ouvrit un tiroir qui sentait la lavande et y prit une enveloppe qu'elle secoua pour en faire glisser le contenu dans sa main : rien qu'une boucle de cheveux d'enfant et la minuscule photographie d'un bébé qui riait.

Lorsqu'elle revint au salon, il n'y avait plus trace d'hésitation dans sa démarche.

Elle tisonna le feu pour en faire jaillir une flamme et, à genoux, elle y lâcha ses trésors. Un instant, la souffrance marqua son regard, puis disparut.

Elle avait choisi.

Pendant toute cette journée, Muriel, finalement prévenue du retour de Daisy à Brethaven en compagnie de Blake, attendit l'arrivée de son fiancé dans un état d'agitation croissante.

Après les affres de l'hésitation, elle avait enfin pris sa décision. Si elle avait toujours eu de l'affection pour Grange, elle ne l'aimait pas vraiment. Restait à le lui signifier.

Elle s'interdisait de penser tant soit peu à Nick, bien qu'il ne fût pas facile de l'exclure de sa rêverie.

Assise dans sa chambre, elle regardait les nuages de pluie filer dans le vent lorsqu'on lui apporta deux lettres. « Toutes les deux de Brethaven, pensa-t-elle, mais aucune de Nick. »

Elle reconnut les écritures sur les enveloppes et ouvrit celle de Daisy en premier, qui ne fut pas longue à lire : elle se résumait à une brève énumération des projets de la jeune femme.

Elle prit ensuite la lettre de Grange, interloquée qu'un fiancé préférât écrire plutôt que de se présenter lui-même alors qu'il se trouvait si près.

Le destin – ou le diable – est plus fort que moi, et je me vois contraint de reprendre la parole qui m'engage à votre égard. Je n'ai aucune excuse à présenter, si ce n'est qu'on m'a forcé la main. Même ainsi, je ne vous abandonnerais pas si je ne savais avec certitude que vous ne risquez plus rien : l'objet de vos craintes a cessé d'exister.

Je partirai demain matin sans vous avoir revue, à moins que vous ne souhaitiez qu'il en soit autrement.

Blake.

Parvenue au bout de sa lecture, elle demeura immobile, les yeux rivés sur la page.

Elle était libre – telle fut sa première pensée –, libre sans avoir eu à fournir le moindre effort. L'explication qu'elle avait redoutée était devenue sans objet. Elle poussa un long soupir de soulagement.

Et puis, rapide comme une flèche empoisonnée, une autre pensée lui vint à l'esprit – un soupçon lancinant, intolérable. Pourquoi lui avait-il ainsi rendu sa liberté? Comment sa main avait-elle été forcée? Par quel moyen diabolique avait-il été amené à courber l'échine?

Elle relut la lettre et soudain son cœur se mit à battre à tout rompre. Elle en eut le souffle coupé. C'était l'œuvre de Nick!

Elle porta la main à sa gorge, se remémorant sa longue entrevue avec lui sur le rivage et la violence de ses déclarations.

Il l'avait désignée comme sa chose, il y avait de cela très longtemps. Bientôt, il s'abattrait, comme un aigle sur sa proie. Et elle serait entièrement à sa merci. Il avait battu Grange... et il ne lui restait personne pour l'aider.

Tard, ce soir-là, Daisy était en train de faire ses valises avec une hâte fiévreuse quand on vint l'avertir que le capitaine Ratcliffe était au salon et désirait la voir.

Son premier mouvement fut de s'excuser. Mais elle résolut finalement d'accepter l'entrevue, quitte à la rendre aussi brève que possible.

Elle entra dans le petit salon avec une impétuosité quelque peu forcée.

– Mon cher Nick, dit-elle, je peux vous donner cinq minutes, pas une de plus.

Il avança si rapidement à sa rencontre qu'elle l'imagina prêt à la saluer avec son habituelle galanterie goguenarde. Mais il ne porta pas ses doigts à ses lèvres comme il avait coutume de le faire.

– J'ai à vous parler, Mrs Musgrave, déclara-t-il tout de go. Et ce que j'ai à dire est si brutal que j'ai la frousse rien que d'y penser. Daisy... vous ne pouvez refuser de me répondre : où donc avez-vous la tête? Qu'avez-vous l'intention de faire?

– Je ne vous comprends pas, dit-elle d'un ton glacial. Vous feriez mieux de vous retirer.

– Il n'en est pas question et vous allez m'écouter, gronda Nick avec une détermination qui ne put échapper à son interlocutrice. Daisy, je me fais l'avocat de Will. Ne pouvez-vous le rejoindre sans plus tarder? N'est-ce pas – pardonnez-moi! –, n'est-ce pas un peu... sordide que de jouer à ce genre de jeu quand un homme comme lui vous attend et se ronge le cœur parce que vous ne venez pas?

Très pâle mais tout à fait calme, Daisy s'arma de courage.

– Je crains que vous ne plaidiez une cause perdue, articula-t-elle très distinctement. Je ne le rejoindrai jamais. J'ai... j'ai choisi.

– Qu'avez-vous choisi? demanda-t-il.

Presque à contrecœur, elle le lui avoua :

– Je vais rejoindre l'homme que j'aime.

Elle était prête à ce que ses paroles provoquent une volée de bois vert, mais ce ne fut pas le cas. Nick l'avait écoutée avec une impassibilité inquiétante.

– Dans ce cas, décréta-t-il, que Dieu vous garde tous deux : car vous allez le détruire, et vous détruire aussi par la même occasion.

Ses mots étaient tombés avec l'horrible précision d'une condamnation à mort.

– Daisy! reprit-il d'un ton déchirant, c'est ma faute! Je vous y ai poussée. Si je n'étais pas intervenu auprès de Grange, jamais vous n'auriez songé à commettre un tel crime.

Immobile, muette, Daisy observait sur le visage de cet homme les ravages de la souffrance. N'y tenant plus, elle lui caressa la joue d'une main qui tremblait.

– Vous ne devez pas vous en vouloir, Nick.

– Je ne m'en veux pas, marmonna-t-il avant de rassembler toutes ses forces pour attaquer à nouveau. Mais vous... Pensez-vous que vous allez être heureuse? Pensez-vous parvenir à oublier ce que vous avez sacrifié à ce fétiche que vous osez baptiser du beau nom d'Amour? Pensez-vous survivre au remords d'avoir brisé le cœur d'un des meilleurs hommes qui soient au monde... et piétiné le souvenir de votre enfant mort?

Essoufflé, il s'interrompit. Et une longue minute s'écoula avant qu'il ne reprenne :

– Et Grange? C'est un homme qui attache du prix à son honneur. Il l'a déposé entre vos mains. Qu'en va-t-il advenir? Va-t-il s'être sacrifié à l'Amour ou aux démons de la chair? C'est vous qui en déciderez. Mais si la seconde proposition de l'alternative est la bonne, ne reparlez plus d'Amour. Car l'Amour – le véritable Amour – est un rempart contre la vilenie.

Il s'arrêta à nouveau, et à nouveau le silence s'instaura. Assise, légèrement courbée, Daisy se demandait combien de temps encore elle pourrait supporter cet assaut.

Soudain, il posa la main sur son épaule.

– Daisy, dit-il d'une voix aussi implorante que son geste, renoncez à lui, mon amie! Renoncez à lui!

Elle leva un visage hagard. Et elle vit ce qu'aucun des amis de cet homme n'avait jamais vu. Elle vit son âme à nu – flamme étincelant dans le désert. Ce spectacle l'émut comme elle ne l'avait jamais été auparavant.

– Oh! Nick, cria-t-elle, désespérée, c'est impossible... impossible!

Il se pencha sur elle et plongea son regard au fond de ses prunelles.

– Daisy, dit-il avec insistance, Daisy, pour l'amour de Dieu, essayez!

Elle émit un son inarticulé, plus amer que des pleurs, et se couvrit le visage de ses mains.

Un long moment s'écoula, puis elle leva les yeux.

– C'était un combat désespéré, Nick, mais vous avez gagné. Pour le souvenir de mon bébé, et pour l'homme que j'aime, et... oui, et en partie pour vous aussi, je retourne à la prison.

Sa voix n'avait pas faibli un seul instant. Mais le

désespoir qu'affichait son regard fendit le cœur de Nick.

Sans un mot, il s'inclina, lui baisa la main, puis tourna les talons et s'en alla sans faire de bruit.

Oui, il avait gagné, mais au lieu du sentiment de triomphe escompté, tout ce qu'il ressentait était la douleur – fort humaine – de la plus absolue compassion.

– J'ai l'impression d'avoir entendu tonner le canon dans la nuit, déclara Muriel le lendemain matin.

– Pas étonnant, dit le Dr Ratcliffe. Il y avait un bateau en détresse au large de Calister, hier soir. Ils ont même endommagé le canot de sauvetage en essayant de l'atteindre. Mais le vent semble être légèrement tombé ce matin.

Soudain, à quelque distance, retentit le martèlement sec de sabots galopant sur les pavés.

Quelques secondes s'écoulèrent avant que n'apparaisse au détour de la route le cavalier ainsi lancé à bride abattue.

Dans l'instant qui suivit, la sonnerie du cabinet de consultation retentit avec violence et le cœur de Muriel s'arrêta de battre.

Retenant son souffle, elle entendit le médecin se précipiter dans l'entrée, puis la voix de Nick, qui haletait.

– Ah, te voilà! Je pensais qu'il faudrait que je défonce la porte. Mon vieux, on a besoin de toi... vite! Au nom du ciel, ne perds pas de temps. Grange s'est noyé, tôt ce matin, et je... je crois que ça a tué Daisy. Pour l'amour du ciel, viens immédiatement!

Des pas approchèrent du salon, une main poussa la porte et les deux frères entrèrent ensemble.

Tremblant de tous ses membres, Muriel fit un effort pour se mettre debout.

– Avez-vous dit que Blake était... mort? demanda-t-elle d'une voix très basse.

– Oui, répondit Nick. Il est sorti avec quelques pêcheurs, ce matin, dans une mauvaise chaloupe, pour secourir des marins en perdition sur une épave qui dérivait vers les rochers. Le canot de sauvetage avait été endommagé et ne pouvait être utilisé. Ils réussirent à atteindre l'épave, mais il y avait plus de naufragés qu'ils ne l'avaient escompté – plus que la chaloupe n'en pouvait transporter – et l'épave se désagrégeait sous les coups de boutoir des vagues. C'était une question de secondes, car la marée montait. Ils décidèrent donc d'embarquer tout le monde, coûte que coûte, et Grange se hissa sur le plat-bord pour permettre la manœuvre. Il put s'accrocher à un cordage pendant un moment, mais la mer était démontée et le filin a cassé. Il a été emporté voici plus de deux heures.

Dès que le Dr Ratcliffe fut sorti pour annoncer la triste nouvelle à sa femme avant de voler au secours de Daisy, Nick dit à Muriel :

– N'ayez pas trop de peine. Au moins, il est mort en homme.

Elle ne s'écarta pas de lui. Il n'y avait pas de place pour la peur en son cœur en ce moment précis... seulement pour la haine – une haine féroce, qui lui permettait de l'affronter comme elle ne l'avait jamais osé auparavant.

– Pourquoi l'avez-vous laissé embarquer? lui demanda-t-elle d'une voix grave et passionnée, sans le quitter des yeux. Il devait bien y avoir d'autres volontaires. Vous y étiez. Pourquoi ne l'avez-vous pas retenu?

– Moi, le retenir! ricana Nick tandis qu'un rictus de dérision lui déformait le visage. Vous semblez me croire omnipotent.

Les yeux de Muriel continuaient à le défier.

– D'une façon ou d'une autre, honnête ou malhonnête, vous réussissez toujours à obtenir ce que vous voulez, dit-elle d'un ton cinglant. Allez-vous nier, par exemple, que c'est vous qui lui avez fait m'écrire cette lettre de rupture?

– Non, répondit-il avec une promptitude qui la surprit. Pour cela, je plaide coupable. Comme vous le savez, je n'ai jamais approuvé vos fiançailles.

Le toupet de Nick la piqua au vif alors qu'elle était déjà dans un état presque frénétique. Ses yeux brûlaient du plus profond mépris. Elle n'avait jamais eu moins peur de lui qu'à ce moment. Elle ne l'avait jamais haï avec une telle intensité.

– Ainsi, vous avez su l'inciter à rompre! Mais vous n'avez pas été capable de le retenir lorsqu'il courait à une mort certaine!

Il lui répondit sans s'emporter, sur un ton qu'elle jugea d'une froideur ignoble.

– A quel titre l'aurais-je retenu? D'ailleurs, sa présence à bord était nécessaire. Sans lui, il n'y aurait pas eu de sauvetage. Il leur fallait un homme à leur tête, sinon ils ne seraient pas partis.

Son calme poussa Muriel au paroxysme de la fureur. Dans son état, elle ne pouvait plus être tenue pour réellement responsable des propos qu'elle débitait.

– N'y avait-il donc qu'un seul homme parmi vous? demanda-t-elle avec un mépris écrasant.

– Un seul... oui, dit-il. Les autres n'étaient que des moutons – à l'exception de l'un d'entre eux... qui était estropié.

Le cœur de Muriel se serra. Elle avait aussi mal que s'il l'avait frappée et cela ne fit qu'accroître sa cruauté.

– Vous saviez qu'il n'en reviendrait pas vivant! déclara-t-elle d'une voix qui tremblait de façon incontrôlée. Vous... vous l'avez poussé à y aller pour qu'il n'en revienne pas!

Il écarquilla les yeux un instant et elle s'imagina qu'elle l'avait touché. Mais dès qu'il parla, elle comprit que sa féroce accusation ne l'avait en rien blessé.

– Je me demande pour qui vous me prenez au juste, fit-il d'un ton qui laissait supposer qu'il se retenait à peine de rire.

Elle ne le laissa pas languir sur ce point. Si elle n'avait jamais eu la force de le lui dire avant, elle en était maintenant capable.

– Je vous prends pour un démon! hurla-t-elle, hystérique. Je vous prends pour un démon!

Il fit un bond si brusque que la peur, chez Muriel, l'emporta de nouveau un instant sur la folie. Mais aussitôt, lui tournant le dos, il se mit à parler – et la brève appréhension de la jeune fille disparut.

– Peu m'importe maintenant pour quoi vous me prenez, dit-il, avec dans la voix des accents fêlés où elle crut reconnaître l'écho d'un rire. Pour autant que je sois impliqué, vous n'aurez plus désormais besoin de vous chercher des protecteurs. Vous ne me reverrez jamais, à moins que les dieux n'ordonnent que vous veniez me chercher. Il n'est pas dans la manière d'un aigle de s'abattre deux fois – en particulier un aigle qui n'a plus qu'une aile.

Le rire était indéniable, maintenant, mais elle ne

vit point comme sa main unique était crispée ni combien les jointures en étaient blanchies.

Tout en parlant, il avait gagné la porte. Là, il pivota sur ses talons, lui jeta, sous ses paupières battantes, un coup d'œil indéchiffrable, puis, sans un geste d'adieu, s'éclipsa.

Elle entendit le bruit de ses pas décroître et puis s'éteindre tandis qu'elle luttait en silence pour apaiser le tumulte qui régnait en son cœur.

Après de tels événements – et surtout une scène aussi violente –, il n'était plus question, pour Muriel, de demeurer sous le toit du frère de Nick. Or, vers qui se tourner? Reprendre la vie commune avec Daisy était exclu : la malheureuse venait d'être transportée à l'hôpital dans un état de prostration totale. On parlait de commotion cérébrale et, dans la meilleure des hypothèses, toute visite serait interdite avant des mois.

Eperdue, la jeune fille ne voyait que les Indes où retourner. Les Indes, seul pays où, avant la tragédie entourant la mort de son père, elle eût jamais coulé des jours heureux.

L'idée de se retrouver sous la coupe de lady Bassett ne l'enchantait guère. Mais sir Reginald était son tuteur et le seul appui qui lui restât. Elle leur écrivit donc séance tenante pour leur annoncer son arrivée prochaine. Puis elle prit ses dispositions pour gagner Londres, où elle pourrait embarquer à bord du premier bateau en partance.

Ayant décidé de quitter la maison le lendemain, Muriel se retira de bonne heure dans sa chambre. Elle avait une tâche à accomplir, qui lui répugnait étrangement et que, pourtant, pour la paix de son esprit, elle n'osait négliger.

C'était du moins ainsi qu'elle voyait les choses tandis que ses doigts tremblants ouvraient la boîte contenant ses trésors les plus sacrés.

L'objet qu'elle cherchait se trouvait tout au fond, enveloppé dans du papier de soie, tel qu'il était passé des mains de Nick aux siennes. Et, pendant un long moment, elle lutta pour se convaincre de glisser le minuscule paquet dans une enveloppe et de la cacheter. Pourtant, elle ne parvenait à s'y résoudre.

Enfin – il était près de minuit –, elle céda à la force qui la tenaillait. Contre son propre gré, elle déplia le papier protecteur et en prit le contenu sur la paume de sa main.

Des rubis de feu, rouges comme le sang, ardents comme la flamme, rutilèrent sous la lampe. *Omnia Vincit Amor*... comme ces mots lui brûlaient la mémoire! Et dire qu'elle s'était une fois demandé s'il y avait du vrai dans cette formule!

Elle le savait, maintenant! Oh, combien! Il l'avait forcée à comprendre. Il en avait fait sa proie, il avait allumé en elle – par quelle magie? elle l'ignorait – la flamme impérissable.

Aucun autre homme ne pourrait jamais la dominer comme Nick la dominait. Aucun autre homme ne pourrait jamais allumer en elle – ni éteindre – l'ardente flamme qu'il avait allumée.

Un léger bruit dans le silence de la nuit! Une main timide qui tournait la poignée de la porte! Elle bondit, laissant tomber la bague sur la table : Olga se tenait dans l'embrasure de la porte.

Dans un grand élan, Muriel lui ouvrit les bras.

– Voudrais-tu faire quelque chose pour moi? Cette bague sur la table... une bague avec des rubis... tu la vois?

– Oui, dit Olga dans un souffle, se serrant tout contre Muriel.

– Eh bien, prends-la, ma chérie, dit Muriel d'une voix infiniment lasse, comme si toute sa vieille fatigue lui était soudain retombée sur les épaules. Prends-la. Elle appartient à Nick. Il me l'avait donnée, il y a bien longtemps. Je veux que tu la lui rendes, et que tu lui dises simplement que... que je préfère oublier.

7

Un coucher de soleil splendide étendait sur les plaines ses luminescences d'un rouge sombre frangé d'or, de pourpre et de noir. La journée avait été torride, mais un léger vent frais s'était levé avec le crépuscule et un je ne sais quoi de primesautier voletait de-ci de-là sur la terre qui s'abîmait dans les ténèbres.

Lourde de mystère et de silence, la longue nuit indienne étendait rapidement ses ailes.

Dans le petit bungalow de bois situé en face des installations hydrauliques, une lampe brûlait que l'on remarquait de fort loin.

Sous l'abat-jour, un Anglais, toujours rasé de près, s'acharnait au travail.

Sa main courait sur le papier, le couvrant d'une écriture régulière, et son visage ne perdait jamais de sa concentration – visage qui possédait encore une certaine jeunesse bien que le dessin des lèvres en fût ferme jusqu'à la sévérité et le modelé du menton, volontaire, pour ne pas dire obstiné.

Cela faisait maintenant cinq mois que Will avait appris l'hospitalisation de Daisy. Dans une lettre exhaustive, le Dr Ratcliffe s'était étendu sur les ravages causés par la maladie et l'avait exhorté à rester aux Indes puisqu'il était exclu qu'on lui permît de voir Daisy avant des semaines – voire des mois.

Depuis ce jour, il n'avait pas songé un instant à retourner en Angleterre et s'était remis au travail avec une patience inébranlable qui confinait au désespoir.

C'était, à n'en point douter, un homme qui montait. Une amélioration rapide de sa situation de fonctionnaire était en vue. Il était peu probable qu'il soit appelé à passer encore une autre saison chaude dans les plaines torrides.

Un acharnement au travail doublé d'un talent indubitable lui avait fait gravir les échelons de la hiérarchie. Mais le succès avait désormais pour lui un goût de cendres.

Que Daisy lui revînt un jour, il n'y croyait plus. Il n'en demeurait pas moins une chance infime qu'elle lui demandât un beau matin d'aller la voir.

Le ciel étoilé était somptueux et il sortit flâner un instant sur la véranda. La douceur de la nuit lui rappela certaine soirée de printemps, il y avait de cela fort longtemps, lorsque, avec Daisy, ils s'étaient promenés, main dans la main, à travers les charmilles d'un jardin du Dorset.

Elle ne l'avait jamais aimé, et ne l'aimerait jamais. Il le savait déjà, à ce moment-là.

Enfin! Tête basse, il se prit à soupirer. Il allait rentrer travailler.

Il pivota sur ses talons et, sans savoir pourquoi, leva les yeux. Il s'immobilisa aussitôt, pétrifié, et tout son sang, bouillonnant, lui reflua vers le cœur.

Là, sur le pas de la porte, dans la clarté lunaire, sa femme l'attendait.

Elle ne dit pas un mot, ne fit pas un geste.

Ainsi, pendant trente bonnes secondes, restèrent-ils face à face, frappés de mutisme, figés.

Au prix d'un effort surhumain, elle ouvrit alors ses mains crispées et s'avança vers lui.

– Will, chevrota-t-elle d'une voix pitoyable, vous ne voulez pas me parler? Vous... vous ne me reconnaissez donc pas?

Il s'élança et prit les frêles mains dans les siennes.

– Daisy! balbutia-t-il. Je croyais rêver! Comment diable?...

Mais il s'arrêta net, interrompu dans son élan, car elle s'écartait de lui, se penchait en arrière autant que faire se pouvait pour éviter qu'il ne l'embrasse.

Se ressaisissant à grand-peine, il laissa glisser les mains de Daisy.

– Entrez, dit-il, parvenant tant bien que mal à parler, tant il avait la gorge sèche. Vous auriez dû me prévenir de votre arrivée.

Sans un mot, elle franchit le seuil et s'arrêta devant la table de Will, jonchée de dossiers.

Là, en pleine lumière, elle lui fit face, et il se rendit compte que sa chevelure d'or était devenue d'un blanc argenté. Surprenant son regard, elle se mit à parler par phrases saccadées :

– J'ai été malade, vous comprenez. C'était... c'était la fièvre cérébrale, d'après Jim. Les cheveux – les cheveux blonds particulièrement – blanchissent parfois ainsi.

– Etes-vous remise? s'inquiéta-t-il. Asseyez-vous et racontez-moi tout.

– Je... je ne suis pas venue pour rester, Will, dit-elle d'une voix si basse qu'elle en était presque inaudible. Je m'en vais... je vous quitte... pour toujours, cette fois.

Les mâchoires de Will se crispèrent mais il ne prononça pas un mot. Il resta à attendre qu'elle continuât.

– Will, articula-t-elle, bien qu'elle ne parvînt pas à contrôler les tremblements de sa voix. Je ne sais guère comment aborder le sujet. Vous avez toujours eu confiance en moi, vous m'avez toujours été fidèle. Je crois qu'il vous est même arrivé de m'adorer. Mais vous ne me vénérerez plus jamais, parce que... parce que... je suis indigne de vous. Comprenez-vous? On m'a retenue pour m'empêcher de franchir le dernier pas, le pas fatal. Sans cela... sans cela, je ne serais pas ici maintenant. Voilà! je vous ai tout avoué. Je ne demande ni grâce ni pardon. Punissez-moi simplement, punissez-moi... et puis... laissez-moi... laissez-moi partir!

Ses forces et sa voix lui firent en même temps défaut. Ses jambes fléchirent et elle s'affaissa soudain en sanglotant. Elle n'avait plus de larmes. Seuls, de terribles hoquets douloureux semblaient la déchirer.

Sans mot dire, il se pencha pour la relever. Puis, lentement, d'une voix grave et posée, il s'adressa à elle avec toute la tendresse du monde :

– Daisy, ma pauvre petite fille, nous ne reparlerons jamais de cela.

– Ah! vous ne devriez pas! haleta-t-elle. Vous ne devriez pas! Il vous faut me haïr... me mépriser!

– Chut! murmura-t-il.

Grâce à ce seul mot, elle comprit qu'il tournait résolument le dos à l'abîme qui s'était creusé entre eux pendant ces vingt derniers mois. Et, toute brisée et défaite qu'elle fût, il l'emporta avec lui vers le plus doux des refuges.

Lorsqu'au bout de longues, très longues minutes, il attira le visage de Daisy vers le sien pour l'embrasser avec gravité, elle s'accrocha à son cou comme un enfant fatigué. Reconnaissante du réconfort que lui procuraient les bras de son mari, elle ne craignait plus de croiser son regard.

Pendant un petit moment encore, il resta à la tenir dans ses bras en silence, puis il lui posa des questions sur son voyage.

– Nous sommes arrivés ce soir, Nick et moi, expliqua-t-elle.

– Il faut que Nick vienne nous voir, n'est-ce pas, ma chérie ? Je vais lui envoyer un mot. Mais vous êtes exténuée et vous devez avant tout vous reposer.

Il la tenait enlacée, les lèvres sur sa chevelure argentée.

– Vous souvient-il comme je vous portais au lit après la naissance du bébé ? Peut-être... un jour..., dit-il très bas.

S'accrochant alors à lui, les yeux pleins de larmes, elle murmura :

– Oh ! Will, si seulement c'était possible...

Une touffeur insupportable baignait le champ de courses tout bourdonnant d'agitation. Tel était du moins l'avis de la jeune fille installée dans l'élégante voiture de lady Bassett et qui regardait avec une indifférence morose la foule accablée par la chaleur.

« Ma chère petite, n'ayez pas l'air si lointain, si

détaché! » lui avait-on plus d'une fois répété; et, à chaque reproche de cet ordre, ses grands yeux noirs s'étaient empreints d'un dédain plus manifeste encore.

Peu de gens soupçonnaient, derrière ce maintien impassible, les élancements de l'insupportable douleur ni les affres de la solitude morale qui oppressaient Muriel d'un poids écrasant.

Même Bobby Fraser, par ailleurs fort perspicace, était à mille lieues de s'en douter. Pourtant, ce ne fut certes pas la vivacité de sa conversation qui l'incita à aller s'occuper de la jeune fille, comme il en avait depuis peu pris l'habitude, quand il la vit à l'écart.

Bobby Fraser était un célibataire des plus gais et que l'on s'arrachait partout où il consentait à se montrer.

Il venait de lui apporter du thé et attendait qu'elle eût fini de le boire. Avait-elle gagné quelque argent à la dernière course? s'inquiétait-il de savoir. Non, Muriel, n'ayant de toute manière rien misé, n'avait rien gagné.

– Qui se serait attendu à ce qu'un total outsider comme ça emporte la course dans un fauteuil? Il aurait dû être disqualifié simplement pour son culot. Cela me rappelle un type que j'ai autrefois connu – j'ai oublié son nom... Nick je ne sais plus trop quoi –, qui s'était inscrit à la dernière minute pour la Coupe du Grand Mogol, à Sharapura. Ce fut d'ailleurs la seule course qu'il gagnât jamais. Tout le monde, à l'époque, avait attribué sa victoire à la magie noire – à moins que ce ne fût au magnétisme personnel du cavalier. C'était le genre de type à toujours avoir le dessus. Bizarre que je n'arrive pas à me rappeler son nom...

Muriel aurait donné n'importe quoi pour en entendre davantage sur l'homme qui, à Sharapura, avait remporté la Coupe du Grand Mogol. Hélas, Bobby Fraser s'en était allé papillonner plus loin.

Elle fut contente lorsqu'ils partirent enfin, car elle souhaitait être seule. L'anecdote de Bobby l'avait étrangement affectée. Elle s'était, ces derniers temps, sentie si cruellement coupée de tout ce qui était lié à son passé...

Personne ne lui parlait plus de Nick, désormais. Tel un météore, il avait traversé son ciel avant de disparaître, laissant dans son sillage une trace brûlante, indélébile. Elle aurait pu rester des heures à écouter Bobby. La seule mention de son prénom, Nick, avait accéléré les battements de son cœur.

Lady Bassett ne se donna pas le mal d'alimenter la conversation sur le chemin du retour. Mais lorsque la jeune fille jeta deux *annas* à un vieux mendiant infirme, accroupi à l'entrée de la Résidence, elle ne put résister au désir d'exprimer une légère remontrance :

– J'aimerais que vous n'encouragiez pas ces gens, ma très chère petite. Ils sont parfaitement indésirables.

Muriel balbutia une excuse, se promettant à part soi de bien prendre garde, la prochaine fois, de ne faire son aumône que quand lady Bassett ne regarderait pas.

Lorsqu'elle entra dans sa chambre, elle trouva sur la table une lettre qu'elle ouvrit sans grand intérêt : elle venait d'un coin perdu, au Bengale, qui ne lui disait rien. Un coup d'œil à la signature suffit cependant pour qu'elle revienne au début avec empressement. Son correspondant était Will Musgrave.

Chère miss Roscoe,

Après mûre réflexion, je me décide à vous demander une faveur dont je me plais à imaginer que vous me l'accorderez en moins de temps que je n'en ai mis à la solliciter.

Ma femme, vous le savez sans doute, m'a rejoint il y a quelques mois. Sa santé n'est guère brillante, et elle a exprimé le souhait le plus vif de vous revoir. Je crois qu'elle désire vous confier... une sorte de secret qui lui pèse énormément.

Je vous écris sans en informer Daisy, qui semble éprouver le sentiment d'avoir perdu tout droit à votre amitié.

Cordialement vôtre,
W. Musgrave.

La réponse de Muriel fut aussitôt expédiée, avant même – pour ainsi dire – qu'elle n'ait entièrement lu l'appel.

Son message ne comportait que trois mots :

Je pars demain.

Lady Bassett déplora cette décision qu'elle jugeait irréfléchie et ne le cacha pas. Mais ses remontrances furent vaines.

Bien que plus de la moitié des trois jours de voyage en chemin de fer dussent se dérouler à travers les plaines étouffantes de chaleur, Muriel envisageait l'expédition sans inquiétude, et même avec joie.

Tôt, le lendemain matin, elle se mit en route. En passant les grilles, elle chercha à voir le vieux mendiant indigène qui y était accroupi la veille.

Il n'y était pas, mais elle le croisa un peu plus loin : il clopinait pour rallier son poste où il passerait la journée. Impulsive, parce que la joie était une si grande nouveauté pour son cœur solitaire, elle se pencha à la portière et lui lança une roupie.

Agréable, son voyage fut fort éloigné de l'être, mais lorsqu'elle se le remémora par la suite, elle découvrit qu'elle avait gommé de son souvenir tout ce qu'il avait pu offrir de fastidieux.

Enfin, au soir d'une journée splendide, elle parvint à destination. Will l'attendait à la gare.

– Elle ne sait pas encore que vous venez, dit-il. J'ai pensé que l'angoisse de vous attendre pourrait lui être néfaste. Miss Roscoe, je vous en conjure, rendez-lui la joie de vivre si vous le pouvez!

Toute sa vie, Muriel devait se rappeler avec un pincement au cœur l'accueil de Daisy ce soir-là et combien elle avait été bouleversée par son délabrement physique.

Ses cheveux blancs, sa pâleur épouvantable, la tristesse obsédante de ses yeux et, par-dessus tout, son mutisme frappèrent la jeune fille. Sans dire un mot, elle serra la malheureuse dans ses bras et l'y retint longtemps.

Elles entrèrent ensemble dans la maison et Daisy l'accompagna à sa chambre. Mais toute la muraille de retenue qui s'était élevée entre elles ne pouvait être ébranlée d'une chiquenaude.

Il semblait évident que Daisy ne pouvait se résoudre à parler pour le moment, et Muriel alla se coucher, le cœur lourd.

Elle était beaucoup trop lasse pour rester éveillée, mais son cerveau enfiévré n'arrivait pas, lui, à trouver le repos. Pour la première fois depuis de longs et tristes mois, elle rêva de Nick.

Avec une jubilation démoniaque, il se moquait d'elle sous le prétexte qu'elle avait changé d'avis au sujet de leur mariage mais manquait du peu de courage nécessaire pour le lui dire.

La nuit était très avancée quand Muriel fut arrachée à ses rêves. Quelqu'un se trouvait dans sa chambre. Dans le calme profond qui précède les petites heures de l'aube, d'amers sanglots se faisaient entendre.

– J'ai... j'ai une confidence à vous faire, murmura Daisy. Un aveu aussi... un aveu qui vous choquera abominablement.

Elle résista au mouvement de Muriel qui cherchait à l'entourer de ses bras.

– Oh! Muriel, hoqueta-t-elle soudain. Je me demande si vous avez jamais aimé Blake.

– Non, Daisy, je ne l'ai jamais aimé, répondit Muriel avec le plus grand calme et la plus absolue sincérité. Pas plus qu'il ne m'a aimée lui-même. Nos fiançailles ont été une erreur. Je le lui aurais dit... si le cours des choses n'en avait décidé autrement.

– Je n'ai jamais cru un instant que vous aviez le moindre penchant pour lui, dit Daisy. Mais moi, Muriel... moi, si! Je l'ai aimé de toute mon âme... Non, ne sursautez pas! C'est fini, maintenant. A Brethaven... A Brethaven, Nick a découvert le pot aux roses. Et c'est parce qu'il a compris que le cœur de Blake battait pour une autre – moi, en l'occurrence – qu'il l'a contraint à vous écrire cette lettre de rupture. Ce n'était pas dans le but de vous garder pour lui qu'il l'a fait, Muriel... C'était pour votre bien, votre bien à vous seule.

Elle sanglota avant de reprendre :

– Nick a même juré à Blake que, si ce dernier

rompait vos fiançailles, lui, en revanche, s'engageait à ne plus vous importuner. Et c'est la plus belle chose qu'il ait jamais faite, et la plus généreuse, Muriel, car il n'a jamais aimé que vous.

Les pleurs de Daisy avaient complètement cessé, mais elle tremblait de la tête aux pieds.

Assise en silence, les yeux grand ouverts, Muriel regardait sans la voir vraiment, par la fenêtre ouverte, la lumière trouble du petit matin. Elle commençait à comprendre bien des choses – ah! bien des choses – qui lui étaient jusque-là demeurées mystérieuses.

– Il vous attend toujours, dit Daisy au bout d'un moment. Je crois qu'il vous attendra toute sa vie – mais il ne viendra jamais à vous à moins que vous ne l'appeliez. Ne voulez-vous pas... ne pouvez-vous pas... lui envoyer un mot d'encouragement, rien qu'un mot?

– Comment l'oserais-je? gémit soudain Muriel. J'ai honte... abominablement honte. J'ai si souvent fait fi de son amour! Comment trouverais-je l'audace de le lui réclamer aujourd'hui?

– Mais s'il venait à vous? insista Daisy. Si, en dépit de tout, il venait à vous... vous ne le renverriez pas?

– Le renvoyer, lui!

Les accents de la plus brûlante passion faisaient vibrer la voix de la fille du général Roscoe. Elle releva brusquement la tête et, bien que ses joues fussent ruisselantes de larmes, l'exaltation rayonnait dans ses paroles :

– S'il... s'il levait seulement le petit doigt pour m'appeler, je... je le suivrais pieds nus jusqu'au bout du monde! Oh! mais, Daisy, ajouta-t-elle, alors que son assurance venait de s'estomper tout à coup, à quoi bon se leurrer? Il ne le fera jamais, au grand jamais!

– Si! à condition que vous fassiez les premiers pas, répondit Daisy avec une conviction entraînante. Ne vous en estimez-vous pas capable, Muriel? Contentez-vous de me confier un tout petit message... un message que je lui transmettrai immédiatement et qui le mettra sur la voie.

Pendant quelques secondes, Muriel demeura de marbre; puis, lentement mais sans faiblir, elle déclara :

– Eh bien, Daisy, dites-lui, de ma part, que « l'Amour l'emporte sur toutes choses en ce monde... et que nous ne pouvons que succomber à l'Amour ».

Daisy et Muriel ne reparlèrent jamais des confidences de cette nuit-là. Rien de plus ne semblait devoir être dit. En outre, il existait désormais entre elles une compréhension plus étroite, et que les mots eussent été impuissants à exprimer.

Les journées qui suivirent furent d'une grande douceur et porteuses d'une paix indicible. La santé et l'humeur de Daisy commencèrent à s'améliorer de si merveilleuse façon que son mari et son invitée retrouvèrent, en de fugaces instants, la « bonne vieille Daisy », si gaie, si pétulante, qu'ils avaient toujours aimée.

– Vous avez accompli des merveilles pour ma femme, dit un jour Will à Muriel.

La jeune fille eût volontiers prolongé son séjour auprès du couple, mais le sort allait en décider autrement.

Daisy sortit un matin sur la véranda, une lettre à la main.

– Ma petite Muriel, dit-elle, je regrette d'avoir à vous annoncer que nous allons devoir nous séparer. Je viens de recevoir une épître tout ce qu'il y a de plus touchante de lady Bassett, qui me presse de vous renvoyer au bercail séance tenante. Il semble qu'un grand bal doive avoir lieu au Palais... et lady Bassett estime que sa chère pupille ne saurait manquer, sous aucun prétexte, occasion aussi mirifique de se montrer aux foules.

Muriel leva les yeux d'une missive qu'elle avait elle-même reçue.

– Sir Reginald m'en parle, dit-elle. Mais je ne vois pas pourquoi je devrais y aller. Vous n'êtes pas de mon avis? Après tout, je suis majeure et indépendante.

Un très tendre sourire effleura les lèvres de Daisy.

– Je crois que vous seriez quand même bien inspirée d'y aller, ma chérie, murmura-t-elle d'un ton mystérieux.

Deux jours plus tard, Muriel était sur le chemin du retour, dans le train roulant vers Ghawalkhand. Elle trouva la chaleur du trajet presque insupportable. Les plaines s'étendaient sous un linceul de nuages, et la nuit, le grondement du tonnerre était incessant. Mais pas une goutte de pluie ne tombait pour détendre l'atmosphère suffocante.

Sir Reginald en personne vint à sa rencontre et fut aux petits soins pour elle. Il espérait qu'elle s'était changé les idées, lui jugeait l'air trop maigre et affirmait que sa femme attendait son retour avec un plaisir sans mélange.

Elle assistait à un match de polo lorsqu'ils arrivèrent, et Muriel profita de son absence pour aller se coucher sans plus tarder.

Elle aurait dormi des heures si le loisir lui en avait été accordé. Mais lady Bassett, sitôt de retour, la réveilla pour lui donner ainsi l'occasion de lui souhaiter le bonsoir. S'il fallait l'en croire, elle était charmée de la voir réintrégrer son « nouveau foyer », bien qu'effondrée de la trouver si pâlotte.

– J'aime à penser que vous aurez meilleure mine d'ici à quarante-huit heures, poursuivit lady Bassett, toujours suave. Le bal du Rajah promet d'être somptueux, éblouissant à tous égards. Mr Bobby Fraser, qui se trouve bien entendu dans la coulisse, affirme que les préparatifs en cours passent l'imagination.

Muriel souhaitait de tout son cœur que lady Bassett la laissât seule, mais la digne épouse du général n'en avait pas encore tout à fait terminé. Elle s'attarda pour demander des nouvelles de la « pauvre petite Daisy Musgrave » : elle voulait croire que Daisy reprenait des forces.

Et à propos de Mr Ratcliffe – elle s'acheminait maintenant vers la porte –, Muriel avait-elle entendu la nouvelle extraordinaire, vraiment prodigieuse, le concernant et qui venait de lui être communiquée?

– Que lui est-il arrivé? demanda Muriel sans savoir comment elle prononçait ces paroles qui semblaient lui être montées aux lèvres malgré elle.

Elle se sentait prise de malaise, comme si son cœur était saisi entre des tenailles.

– Eh bien, figurez-vous, dit lady Bassett, qu'il s'est retiré dans un monastère bouddhiste, au Tibet!

Un à un, comme distillés avec une précautionneuse parcimonie, ces mots tombèrent des lèvres souriantes. Ce n'étaient, à tout prendre, que des mots... Mais avec quelle force ils transpercèrent le cœur de Muriel, elle seule le sut jamais.

Elle ne manifesta aucun signe de souffrance. Non. Elle resta simplement les yeux grand ouverts, regardant fixement devant elle tandis que l'étau se resserrait autour de son cœur.

Lady Bassett se détournait déjà pour s'en aller lorsque la voix de Muriel, sa voix particulièrement basse et grave des situations désespérées, l'arrêta.

– Qui vous a dit cela?

Sur le seuil, lady Bassett maintint la porte ouverte et tourna la tête.

– Je ne saurais dire qui y a fait allusion le premier. Je l'ai entendu répéter par tant de gens... En fait, la nouvelle est de notoriété publique. Tenez, le colonel Cathcart, par exemple... Il en parlait au Club, pas plus tard que cet après-midi, déplorant le fâcheux exemple ainsi donné par un Anglais. Mr Bobby Fraser et lui ont d'ailleurs eu une violente discussion à ce sujet. Mr Fraser a des idées tellement avancées!

Elle eut un petit rire.

– Voilà, chère enfant! Mais c'est très mal à vous de me retenir à bavarder ainsi. Je me sauve. D'ailleurs, vous avez l'air hagard. Je souhaite qu'un bon sommeil vous remette d'aplomb, car en aucun cas je ne pourrais emmener ce minois chiffonné au bal du Rajah!

Sur quoi, toujours souriante, lady Bassett s'en fut avec un hochement de tête bienveillant.

Mais, longtemps encore après son départ, Muriel demeura les yeux fixes et les muscles tendus. Muette, pétrifiée, désespérée, elle regardait la porte verrouillée de son paradis.

Un monastère... Au Tibet!

Telle était donc l'explication du silence de Nick, la raison pour laquelle le message qu'elle lui avait fait transmettre par Daisy était resté sans réponse. Elle lui avait tendu les bras, mais trop tard... bien trop tard.

8

Muriel ne pouvait, sans susciter les commérages, s'abstenir de participer à la réception pour laquelle elle était revenue à Ghawalkhand.

Arguant cependant d'une intense fatigue, elle avait presque constamment gardé la chambre avant le fameux soir du grand bal au Palais.

Pour l'occasion, elle portait une robe blanche unie, car elle n'avait que récemment quitté le deuil. Et son visage n'offrait guère plus de couleur que son vêtement.

Lourde masse sombre au-dessus de son front, ses cheveux noirs accentuaient encore sa pâleur. Et ses yeux promenaient sur le monde un regard d'une indifférence tragique, comme si elle n'en attendait plus rien.

– Ma chère petite, vous ne semblez pas bien, s'inquiéta sir Reginald qui, resplendissant dans son uniforme chamarré, l'aidait à monter en voiture à côté de sa femme.

– Ne vous tracassez pas, répondit-elle avec un faible sourire. Je suis encore un peu lasse, c'est tout.

Tandis que la calèche franchissait les grilles, son air absent l'abandonna l'espace d'un instant et ses pupilles s'éclairèrent à la vue du vieux mendiant infirme accroupi à son poste habituel. Il lui tendait une main suppliante, mais elle n'avait pas d'argent sur elle – rien qu'un carnet de bal dans un réticule blanc.

Pénétrer dans la salle de bal tout entière décorée de guirlandes multicolores donnait l'impression de déboucher soudain dans un jardin de fleurs infiniment précieuses.

– Ah! vous voici enfin! s'épanouit Bobby Fraser, incapable de contenir son admiration. Je vous sacre reine de cette soirée. Dommage que certain roi de mes amis ne hante pas les parages. Mais peut-être que... Qui sait? Au fait, aurez-vous la bonté de m'accorder une danse? J'ai bien peur qu'il ne me reste pas de valse, mais qu'importe! Nous pourrons toujours nous abstenir. Il est d'ailleurs indispensable que nous causions. Alors, que décidons-nous? La cinquième?... Parfait! A tout à l'heure!

Il s'était éclipsé, laissant à Muriel la curieuse impression qu'il souhaitait réellement lui confier quelque chose d'important.

Lorsque Bobby Fraser la rejoignit, quatre danses plus tard, elle était si nerveuse qu'il ne put ignorer son état. Il s'empressa de la guider vers un coin tranquille.

– Vous connaissez Nick Ratcliffe, n'est-ce pas? demanda-t-il tout à trac.

Oh oui! elle le connaissait. Mais elle eût été bien en peine de trouver la force nécessaire pour le lui confirmer. Et si son éventail cachait ses lèvres frémissantes, elle ne pouvait maîtriser le tremblement de sa main.

Feignant de ne s'en point apercevoir, le jeune dandy poursuivit son monologue sur le mode badin.

– Ce type m'a toujours fait penser à un diable qui sort de sa boîte. Il a le chic pour se montrer au moment où on l'attend le moins. Impossible de prévoir sa prochaine lubie. Ce qu'il fait? mystère! ce n'est que sur ce qu'il ne fait pas que l'on peut le juger... Pour ne vous citer qu'un exemple, le bruit courait récemment qu'il venait de se retirer dans un monastère tibétain! Dieu seul sait qui a lancé ce bobard et pour quelle raison. Quoi qu'il en soit, c'est faux, archi-faux. Voilà bien le type même de conduite invraisemblable pour un homme de sa trempe. Ne partagez-vous pas mon point de vue? A moins que vous ne le connaissiez pas très bien et ne vous estimiez pas qualifiée pour juger...

– Non, répondit-elle dans un souffle. Je ne l'ai jamais... très bien connu. Mais... on m'avait présenté cette rumeur comme un fait avéré. Et... et tout naturellement, je... j'y avais ajouté foi.

Elle se savait les joues en feu : le sang lui battait les tempes.

– Si vous voulez mon avis, décréta Bobby Fraser, la rumeur en question a été forgée de toutes pièces, dans un but éminemment malveillant.

– Mais... pourquoi?

Il la fixait, et son visage, si gai d'ordinaire, s'était fait sévère.

– Sans doute cela servait-il les visées d'une femme que de vous faire croire à l'effacement définitif de Nick.

Muriel cilla sous le regard de son interlocuteur.

– Je ne comprends pas, murmura-t-elle, désespérée.

– Je ne jurerais pas posséder la clé de l'énigme, répliqua-t-il. Je ne peux que hasarder des hypothèses. Or, il n'est jamais bon de céder aux conclusions hâtives : c'est la meilleure façon de se faire duper.

Il se leva et lui offrit son bras.

– Sortons un peu. On étouffe, ici. Allons faire un tour dans les jardins, voulez-vous?

Elle l'accompagna volontiers.

Gonflé d'une étrange allégresse, son cœur entonnait un hymne aux étoiles.

Lorsqu'elle chercha à se rappeler plus tard les heures qui avaient suivi cette conversation avec Bobby Fraser, Muriel ne put s'en remémorer le déroulement en détail. A peine avait-elle remarqué qu'elles s'écoulaient : flottant dans une sorte de rêve éveillé, évoluant au rythme d'une mélodie dont elle seule percevait les échos, elle était demeurée totalement étrangère aux rires et aux bavardages qui bourdonnaient autour d'elle.

Le bal touchait à sa fin quand lady Bassett, arborant son plus gracieux sourire, murmura à la jeune fille :

– On vous a beaucoup admirée, ce soir, ma chère enfant.

Les yeux de Muriel eurent une lueur de dédain, mais fugitive : le bonheur ne tarda guère à revenir s'y loger.

– Je me suis amusée, dit-elle simplement.

Les accents d'une valse résonnaient encore tandis que, prêts à prendre congé, le général et lady Bassett l'entraînaient vers le hall. Et des larmes de joie vinrent lui perler au bord des cils. Comment se faisait-il qu'il lui ait fallu si longtemps pour comprendre? Parviendrait-elle jamais à se faire pardonner sa conduite stupide? Combien de temps la maintiendrait-il dans l'incertitude?

Cela ne lui ressemblait guère que de s'attarder s'il avait reçu le message transmis par Daisy. Oh! fasse le ciel qu'il accoure au plus vite! L'attente lui devenait intolérable.

Une fois de plus, elle se rappela les derniers mots qu'il lui avait jetés. L'aigle ne s'abattrait pas une seconde fois. Il se dresserait soudain devant elle, déconcertant, irrésistible. Il ne demanderait ni n'exigerait rien. Il se contenterait de prendre son dû.

La foule s'était peu à peu clairsemée sur le perron. Jetant un coup d'œil au bas des marches, elle aperçut le vieux manchot qui, insensible aux foudres de lady Bassett, mendiait d'ordinaire aux abords de la Résidence.

Accroupi au pied de l'escalier, il était prosterné, main tendue, dans son attitude habituelle de supplication. Muriel en était presque arrivée à le considérer comme son protégé et, se rappelant qu'il lui avait en vain demandé l'aumône quelques heures plus tôt, elle se tourna vers un officier qui venait de la saluer.

– Colonel Cathcart, auriez-vous la gentillesse de me prêter une roupie?

L'Anglais sortit de sa poche une poignée de monnaie. Elle y trouva la pièce qu'elle souhaitait offrir, le remercia d'un sourire et se mit à descendre les marches.

Le vieil indigène ne la regardait pas. Quelque chose d'autre semblait retenir son attention. Il n'était plus courbé et avait cessé ses implorations.

Derrière elle, sir Reginald conversait avec le Rajah en attendant sa femme, qui endossait sa cape du soir.

Soudain – elle avait descendu la moitié des marches –, un hurlement sauvage retentit.

– Abominable vermine! criait la voix. Ignoble assassin!

Tout en vociférant, le vieux mendiant avait effectué un bond de panthère pour se précipiter sur un individu à la mine patibulaire soudain jailli de l'ombre.

L'agilité du mouvement, la précision avec laquelle l'homme avait fondu sur sa proie, et la voix – la voix, surtout – trahirent leur auteur.

Muriel demeura un instant pétrifiée. Mais un premier coup de feu, un second, puis un autre encore l'arrachèrent à son hébétude.

Les deux hommes se battaient sous ses yeux. Muscles tendus, roulant au bas des marches dans une étreinte mortelle, ils haletaient tant était grande en chacun d'eux la volonté de tuer.

Nick – Nick en chair et en os – luttait comme un beau diable, luttait comme elle l'avait déjà vu faire il y avait de cela longtemps, si longtemps...

La première fois qu'il lui avait ainsi donné le spectacle d'un combat tout de sueur et de sang, elle en avait ressenti un dégoût insurmontable... Or, du dégoût, elle n'en éprouvait plus! Seule l'habitait une terrible angoisse pour le sort de l'homme qu'elle aimait. Aiguillonnée par l'instinct primaire qui pousse à défendre ce qui vous appartient, elle dévala comme une furie les marches qui la séparaient des combattants. Et, ignorant la peur, elle s'interposa entre eux pour arracher le pistolet encore fumant des mains de l'assassin.

Le tout n'avait duré que quelques secondes, au cours desquelles elle n'avait connu ni le doute ni l'hésitation. Mais lorsque le combat prit fin, lorsqu'on s'empressa autour d'elle après avoir maîtrisé l'agresseur, lorsque le danger fut passé, son courage l'abandonna. Elle s'affaissa, tremblante, au bord de l'hystérie, et se mit à pleurer.

Quelqu'un se pencha sur elle, quelqu'un lui chuchota des paroles apaisantes, quelqu'un lui ôta des mains le pistolet qui avait failli la tuer. Ouvrant les yeux, elle vit le vieux mendiant indigène à qui elle avait si souvent fait la charité.

– Oh, Nick! hoqueta-t-elle. Nick!

Mais cette silhouette grotesque, était-ce bien Nick? Cet homme qui était resté accroupi devant les grilles de la Résidence pendant des semaines, était-ce vraiment Nick?

– Parlez-moi! implora-t-elle. Dites-moi quelque chose... ne serait-ce qu'un mot!

Mais avant qu'il n'ait pu répondre, Bobby Fraser fendit la foule qui les entourait et l'aida à se relever.

– C'était un des assiégeants de Fort Wara! Il s'était juré d'en assassiner la survivante! Vous n'avez pas été touchée? Ouf! Allons, revenez au Palais. Vous êtes la femme la plus courageuse que j'aie jamais rencontrée.

Il voulut l'entraîner vers le perron, mais elle se débattit.

– Cet homme! balbutia-t-elle. C'est Nick! Ne... ne le laissez pas partir!

– Bien sûr que non! répliqua Bobby. Ici, vieil épouvantail à la gomme! Viens me donner un coup de main!

Mais l'épouvantail en question avait apparemment d'autres projets car il venait de profiter de la confusion pour se volatiliser.

– Il est parti! gémit Muriel. Oh! pourquoi l'avez-vous laissé s'en aller?

Pourquoi s'était-il enfui? Lasse de se tordre sur sa couche sans parvenir à trouver le sommeil, Muriel s'était relevée et, arpentant sa chambre en tous sens, cherchait en vain la clé de l'énigme.

Pourquoi était-il parti au moment où elle avait le plus besoin de lui? Il avait sûrement reçu son message! Il savait donc qu'elle souhaitait se donner à lui, qu'elle avait renoncé à ce qu'il lui restait d'orgueil pour le lui avouer!

Songeait-il cependant à la faire s'abaisser jusqu'à le supplier? Oui, c'était la seule explication! Ne l'avait-il d'ailleurs pas prévenue?

« Je vous jure, devant Dieu, que je ne vous épouserai jamais à moins que vous ne veniez me le demander. »

Oui, il exigerait qu'elle se jette à ses pieds. Et alors – elle tremblait rien qu'à cette pensée insoutenable! –, alors peut-être éclaterait-il de rire avant de se détourner à jamais...

Epuisée, égarée, le cœur trop lourd pour pouvoir prier, elle appuya son front douloureux contre la vitre et laissa s'égrener les heures.

L'aube pointait. Un merle risqua un trille maladroit – un jeune merle, sans doute, qui apprenait à siffler. Mais... mais était-ce bien un merle?

Un frémissement la parcourut et elle tendit l'oreille. Les notes capricieuses formaient la valse qui avait naguère brisé le silence de cette nuit terrible où elle avait ici même rompu ses fiançailles avec Nick.

Sortant sur la véranda, elle descendit vers le jardin et courut jusqu'à la haute palissade qui protégeait le parc des regards indiscrets. Comme elle l'atteignait, le sifflotement cessa tandis qu'une voix insouciante se mettait à chantonner – une voix un peu cassée, reconnaissable entre mille.

– Nick! souffla-t-elle.

De toute évidence, il ne l'avait pas entendue : il continuait de fredonner – atrocement faux – son éternelle ballade anglaise.

Profitant d'une pause dans la mélodie, elle frappa à grands coups contre la palissade. Et le silence se fit, qu'elle rompit par une supplication où s'exhalait toute sa souffrance :

– Nick! Oh, Nick! venez me parler... pour l'amour du ciel!

Une interrogation désinvolte la salua aussitôt.

– C'est vous, Muriel?

– Bien sûr! Qui voulez-vous que ce soit? s'énerva-t-elle. Pourquoi restez-vous dehors? Pourquoi n'entrez-vous pas?

– A une heure pareille! Mais, ma chère petite, vous n'y songez pas!

Le ton scandalisé de Nick l'exaspéra. Etait-ce donc pour entendre ça qu'elle avait souffert le martyre depuis des mois?

– Entrez immédiatement! dit-elle en tapant du pied.

– Et pourquoi ça? dit Nick.

– Parce que..., balbutia-t-elle, les joues en feu.

– Parce que *quoi*?

– Oh! ne soyez pas grotesque! s'exclama-t-elle, à bout. Comment puis-je vous parler ainsi?

– Tout dépend de ce que vous avez à me dire. Si c'est quelque chose de très intime, évidemment...

– Eh bien?

– Eh bien, vous pouvez toujours venir me trouver. Cependant, à votre place, je me garderais bien d'une telle démarche. Cela manquerait de dignité.

Et une jeune fille de votre rang, très chère Muriel, ne saurait se montrer trop prudente. Prenez une année encore pour réfléchir.

– Taisez-vous, Nick! dit Muriel d'une voix où la joie se mêlait à la tristesse. Ce... ce n'est pas drôle du tout. Et ce n'est pas non plus très gentil.

– Qui diable a envie d'être gentil?

– Pas vous, c'est évident, dit-elle avec une pointe d'amertume. Vous ne cherchez qu'à être intelligent.

– Je ressemble à un rat. Malin mais répugnant.

Elle eut un petit rire tremblé.

– Vous ressemblez davantage à un aigle, prêt à fondre sur sa proie. Et... Oh! pourquoi ne le faites-vous pas? Pourquoi ne prenez-vous pas ce que vous désirez?

– Parce que l'occasion m'en paraît mal choisie. Mais cela, vous vous en moquez. Vous, tout ce qui vous intéresse, c'est de vous sauver quand personne ne vous court après. C'est votre passe-temps favori depuis que je vous connais.

Muriel avait eu beau s'attendre à ce coup, il ne la laissait pas moins sans forces. Elle s'affaissa sur le premier banc de jardin à sa portée. Nick prenait sa revanche! Dieu, qu'elle avait été bête de croire à sa sincérité!

Au beau milieu du flot tumultueux de ses pensées, la voix de Nick lui parvint, étrange et comme préoccupée.

– Dites-moi, Muriel, seriez-vous en train de pleurer?

– Pleurer! dit-elle, se ressaisissant vite. Non! Pourquoi faudrait-il que je pleure?

– C'est vrai que vous n'avez aucune raison de le faire. Personne ne devrait jamais pleurer avant le petit déjeuner. Cela coupe l'appétit et gâte le teint pour le restant de la journée... Mais vous êtes tout à fait sûre que vous ne pleurez pas?

– Certaine!

– Dans ce cas, séchez bien soigneusement vos yeux! Car je viens vérifier.

Silhouette souple vêtue à l'européenne, Nick arborait un sourire satisfait qui s'effaça cependant lorsqu'il regarda le petit visage blême de Muriel.

– Mais, Muriel..., murmura-t-il.

Il n'essaya pas de la consoler. Peut-être se rendit-il compte qu'il fallait qu'elle pleurât. Mais sa simple présence était apaisante et elle prit bientôt entre les siennes la main qu'il lui tendait et la serra très fort.

– Je suis si... si bête, Nick! hoqueta-t-elle. Il va vous falloir beaucoup de patience.

Les doigts secs étreignirent les siens au point de lui faire mal.

– N'ai-je pas manifesté assez de patience jusqu'ici? dit-il. Pourquoi ne pouvez-vous en venir au fait? Vous avez peur?

– Oui, Nick, balbutia-t-elle, tête baissée. J'ai peur.

– De quoi? Vous n'avez pas craint de m'envoyer un message. Vous n'avez pas hésité à risquer votre vie pour sauver la mienne, la nuit dernière. Qu'est-ce qui vous effraie?

Elle n'arrivait pas à le lui dire. Pourtant sa panique, bien réelle, la faisait trembler de la tête aux pieds. Un combat farouche se livrait en elle – dernier conflit entre l'amour et la peur de l'amour.

– Qu'est-ce qui vous effraie? répéta-t-il. Pourquoi

ne me regardez-vous pas? Vous ne verrez rien qui puisse vous effrayer!

Il lui parlait doucement, comme à un enfant. Après un instant de silence, il se redressa avec un profond soupir.

– Vous ne savez pas encore ce que vous voulez. Et je ne peux vous aider à prendre une décision. Alors autant que je m'en aille.

Mais elle s'agrippait à sa main et ne lâcha pas prise.

– Non, Nick, non! s'étrangla-t-elle. Je sais ce que je veux... Je le sais parfaitement. Mais... mais je suis incapable de trouver les mots qui l'expriment. Je... je n'y arrive pas! Je n'y arriverai jamais!

– Il ne s'agit donc que de cela? Alors, au nom du ciel, n'essayez pas! Les mots ne sont pas faits pour ce genre de circonstance.

Le cœur de Muriel acquit une rapide assurance. Etait-ce si difficile de le lui dire, après tout? Elle pouvait sûrement trouver une façon de s'exprimer! Le tumulte de ses émotions atteignit soudain à son comble. Elle haleta. Puis, mi-riant mi-tremblant, elle relâcha la pression convulsive qu'elle opérait sur la main de Nick, la retourna et, longuement, passionnément, pressa ses lèvres sur sa paume ouverte.

– Muriel! s'exclama-t-il d'une voix brisée avant de se jeter à ses genoux.

– Je puis désormais vous dire ce que je désire, Nick, murmura-t-elle. Je désire vous épouser – vite, très vite. Et puis je voudrais que vous m'emmeniez au Népal, comme vous l'aviez envisagé il y a si longtemps. Et que nous restions seuls ensemble dans les montagnes, absolument seuls, comme nous l'avons déjà été... Vous voulez bien, Nick? Vous voulez bien?

– Mon Dieu! dit-il. Est-ce que je ne rêve pas? Voulez-vous vraiment que je vous prenne au mot?

– Si vous le souhaitez encore, Nick, dit-elle avec humilité.

– Si je le souhaite encore! répondit-il en écho sans parvenir à dissimuler la passion qui l'habitait. Mais je vous préviens que vous vous placez irrévocablement en mon pouvoir, Muriel! que je ne vous laisserai plus jamais reprendre votre parole! Il se peut que vous en veniez un jour à m'exécrer, mais je ne vous laisserai jamais plus me quitter. Avez-vous envisagé cela? Si je vous prends maintenant, ce sera pour toujours.

Il parlait avec violence. Mais rien ne pouvait plus effrayer Muriel. Elle avait mené son dernier combat et s'était rendue pour la dernière fois.

– Faites de moi ce que bon vous semblera, Nick.

– Regardez-moi, dit-il.

Puis, comme elle gardait les yeux baissés, il lui releva le menton. Elle céda et, pour la première fois de sa vie, plongea son regard dans ses prunelles d'un bleu si vif qu'elle eut, un instant, l'impression de regarder au fond des yeux d'un étranger.

Il cligna des paupières avec sa rapidité habituelle et la libéra.

– Oui, dit-il. Vous avez cessé de tricher. Et si vous désirez vraiment m'épouser – ce qui reste de moi, tout au moins! –, je vous préviens que vous faites une bien piètre affaire... mais que je vous appartiens.

Son bras unique l'enlaça. Elle vit une flamme soudaine briller derrière ses cils quasi incolores, sentit son étreinte se resserrer tandis que son visage parcheminé s'approchait du sien. Retenant son souffle, elle lui tendit ses lèvres.

– C'était amusant, non? dit Nick en faisant tinter une poignée de pièces. Une vraie moisson! Je ne vous soupçonnais pas l'âme si charitable.

Elle lui saisit le poignet.

– Vous n'avez aucun droit sur elles! Vous les avez obtenues par des moyens déshonnêtes. Comment avez-vous été amené à vous conduire ainsi?

La main de Nick se referma avec fermeté sur son butin.

– Les cieux m'ont inspiré, déclara-t-il. J'avais soif de vous voir et savais que vous ne me démasqueriez jamais. Seul Bobby Fraser était dans le secret. Mais maintenant que vous connaissez l'histoire, je trouve que vous seriez malvenue de lésiner pour une roupie et quelques *annas* en récompense de ma dévotion.

– Si j'avais su, j'aurais été plus généreuse...

– Il n'est jamais trop tard. Vous pouvez rattraper le temps perdu : donnez-moi votre main. Tendez-la bien... Vous ne refuserez plus de porter ma bague?

– Je ne m'en séparerai plus jamais, lui promit-elle tandis qu'il la lui glissait au doigt.

– Savez-vous ce que nous allons faire, dès que nous serons mariés? dit Nick gaiement. Nous allons escalader la plus haute montagne du monde, regarder le lever du soleil... et remercier Dieu.

Elle lui adressa un sourire frémissant.

– Alors marions-nous vite, Nick!

Une bise vivifiante descendait des neiges éternelles. Des myriades d'étoiles constellaient le velours sombre de la voûte céleste. En contrebas, un torrent faisait entendre son doux gazouillis. La nature tout entière frémissait, dans l'attente d'un événement grandiose.

Sortant de la tente, Nick aperçut sa femme, perdue dans la contemplation de l'horizon.

– Bonjour, ma chérie! Déjà levée? Oh la la! Quel ciel! Ai-je le temps d'aller piquer une tête dans le torrent?

– Si vous me laissez vous aider à vous rhabiller après. Autrement, non.

– Avec joie. Peut-être voudrez-vous me raser, pendant que vous y êtes?

– Vous raser! Pas un seul de vos poils ne repousserait!

– C'est vrai, ô ma reine! Et les rares avec lesquels je suis né sont invisibles. Voilà sans doute pourquoi je n'ai pas réussi à me distinguer dans l'armée.

– Mais vous vous y êtes distingué! Il paraît que vous auriez dû être décoré après l'expédition de Fort Wara... mais que vous avez refusé.

– Il ne faut jamais croire les racontars, grommela-t-il. Maintenant, ma chérie, pouvez-vous me dénicher une serviette?

– Mais, Nick, c'était vrai?

– Quoi? Mon refus de décoration? Je ne pouvais tout de même pas accepter une médaille pour avoir fichu le camp. Cela ne m'aurait guère paru convenable!

Il déposa un baiser sur la joue de sa femme et courut vers le torrent. Et elle resta à l'écouter s'ébrouer et chanter – atrocement faux! – comme s'il se fût agi de la plus douce musique du monde.

Lorsqu'il la rejoignit, le ciel avait mystérieusement changé. Le pourpre foncé s'éclaircissait. Les étoiles s'estompaient.

Main dans la main, ils escaladèrent la plus haute cime et tournèrent le visage vers l'est.

Splendide, le soleil émergea soudain à la lisière du monde. La neige des crêtes rosit pendant quelques secondes magiques, puis vira à l'or comme les sommets du paradis.

Ils ne prononcèrent pas un mot, car ils avaient laissé derrière eux tout ce qui est matière à parler et le sol sous leurs pieds était sacré.

Lorsque l'aube devint jour, lorsque le dieu-soleil s'éleva enfin dans toute sa gloire au-dessus de la terre, alors seulement Muriel poussa un soupir et appuya sa joue contre l'épaule de son mari.

Les lèvres de Nick s'attardèrent sur le front de sa femme. Puis il lui sourit avec son espièglerie retrouvée.

– Envie de savoir ce qu'il y avait au courrier? Un messager est venu hier soir tard. Vous dormiez et rêviez de moi. Je n'ai pas eu la cruauté de vous réveiller.

– Comme si je ne pouvais rêver que de vous! fit-elle, riant et rougissant à la fois. Mais quoi de neuf?

– Une lettre d'Olga, qui nous dit toute son adoration. Et un message sévère de Jim. Il prétend que Redlands va tomber en ruine faute d'occupants pendant que nous flirtons à mille lieues du monde civilisé comme des bons à rien que nous sommes. Des bons à rien, vous vous rendez compte! Je lui flanquerai mon poing dans la figure à la première occasion, à ce cher frère... Mais il n'a pas tout à fait tort : nous devrions envisager de rentrer, vous ne croyez pas, ma chérie?

Elle approuva d'un sourire – et d'un soupir.

– Le Dr Ratcliffe a raison, comme toujours. Nous devons revenir sur terre, mon aigle et moi.

Nick déposa un baiser sur ses cheveux.

– Ce vol a été magnifique, ne trouvez-vous pas? Nous le referons des tas de fois.

– Si rien ne nous en empêche. Parce que... tout peut arriver, vous savez.

– Par exemple?

– N'importe quoi... tout, répéta-t-elle, presque inaudible.

– Est-ce une énigme? demanda Nick.

Elle avait caché son visage. Elle ne répondit pas.

– Je parie que je ne vais pas tarder à deviner, dit-il.

Elle étouffa un petit rire et s'accrocha soudain à lui dans un élan passionné.

– Nick! Espèce de menteur! Tu savais!

Jetant son courrier, il l'enlaça.

– Mon petit amour, tu t'es trahie il n'y a pas dix secondes en rougissant comme une pivoine. Voyons! ne sois pas si timide! Regarde-moi et jure-moi que c'est vrai.

Elle leva vers lui son visage.

– Oui, Nick, c'est vrai. Oh! mon chéri, es-tu content?

– Content? Je suis l'homme le plus heureux de la terre. Je regagne l'Angleterre sans regret. Il nous faut préparer le nid, tu comprends!

– Nous le bâtirons ensemble, murmura-t-elle.

Dans les bras l'un de l'autre, ils regardèrent les pics escarpés qui étincelaient au soleil. Un grand silence les entourait, une paix indicible que ces crêtes d'argent élevaient à la splendeur de l'Infini.

– Des chevaux... et des chars de feu, se prit à murmurer Nick d'une voix que l'émotion faisait trembler.

Le visage de Muriel exprimait toute la plénitude de sa joie.

C'était la matérialisation de son rêve, la touche finale à l'édification de son bonheur.